KB115289

FUSION FANTASTIC STORY

탁목조 장편소설

천공기

穿孔機

천공기 6
탁목조 장편소설

초판 1쇄 찍은 날 § 2016년 1월 12일
초판 1쇄 펴낸 날 § 2016년 1월 19일

지은이 § 탁목조
펴낸이 § 서경석

편집책임 § 이재림

펴낸곳 § 도서출판 청어람
등록번호 § 제387-1999-000006호
등록일자 § 1999. 5. 31
어람번호 § 제1-2336호

주소 § 경기도 부천시 원미구 부일로 483번길 40 서경B/D 3F (우) 14640
전화 § 032-656-4452 팩스 § 032-656-4453
http://www.chungeoram.com
E-mail § chungeorambook@daum.net

ISBN 979-11-04-90597-1 04810
ISBN 979-11-04-90408-0 (세트)

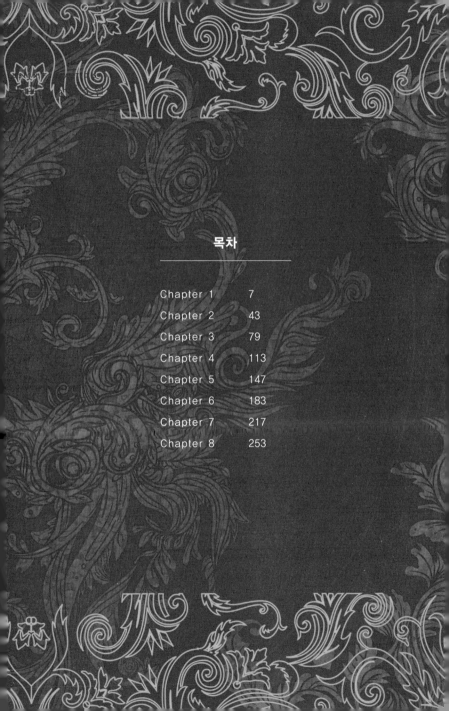

목차

Chapter 1

마가스를 잡은 건 대우?

"으윽!"

세현은 머리가 깨지고 몸이 찢기는 것 같은 고통을 느끼며 정신을 차렸다.

신음이 흘러나오는 것은 어쩔 수 없는 일이었다.

"이런, 이런. 괜찮은가? 우물."

"아, 괜찮아요."

"꽤나 고전하는 것 같은데? 우물우물."

"예상보다 훨씬 강하네요. 전달 받은 정보와는 또 달라요. 그래서 한 방 먹었죠."

"그렇게 보이는군. 우물우물, 미안하네. 좀 늦었네."

"약속 시간을 정한 것도 아닌데 늦었다고 할 수는 없겠죠. 더구나 덕분에 좀 쉴 수 있게 되었으니 고마운 일이죠."

"음. 그것 참, 상황이 좋지 않군. 일단 뒤로 빠져서 좀 쉬게. 으으음, 우물우물."

"알았어요. 그럼 부탁해요."

세현은 정신이 어지러운 상황에서도 진미선과 대화를 나누고 있는 대우 부족의 뒷모습을 뚫어져라 바라보았다.

세현의 기억에 분명하게 남아 있는 그.

형의 친구라고 한 대우가 분명했다.

그가 말을 할 때면 유독 특이한 소리를 내곤 했는데, 지금도 그 특유의 소리가 대화 사이에 섞여 들리고 있었다.

"대, 대우님?"

세현이 갈라진 목소리로 억지로 그를 불렀다.

자신이 알고 있는 대우가 맞는지 꼭 확인하고 싶다는 생각 탓이었다.

하지만 등을 보이고 있는 대우 부족의 그는 세현의 부름에 대꾸를 하지 않고 모퉁이를 돌아서 모습을 감췄다.

그가 사라진 자리에는 낭패스런 모습을 하고 있는 진미선이 남아 있다.

옷이 여기저기 찢어친 것도 그렇고. 겉으로 드러난 피부 여기저기에 갈라진 상처가 가득했다.

"괜찮습니까?"

세현이 그런 진미선에게 물었다.

진미선은 천천히 걸어와서 세현 앞에 앉았다.

벽에 등을 기대고 앉은 그녀는 세현을 마주 보며 힘이 빠진 표정을 지었다.

"아, 어쩌다가 한 방 먹었어. 놈이 그렇게 강할 거라고는 생각을 못했지. 아니, 어떻게 그 짧은 기간에 그렇게 성장했는지 알 수가 없다니까."

진미선이 투덜거렸다.

딱히 누구에게 하는 것이 아니라 혼잣말처럼 들린다.

투우웅! 투웅! 투우웅!

복도의 모퉁이 너머에서 묵직한 충돌음이 다시 들렸다.

하지만 이전과는 달리 세현 등이 있는 쪽으로 밀려드는 충격파는 거의 없었다.

그저 기대고 앉은 벽이 묵직하게 진동하는 느낌만 등을 통해서 전해졌다.

세현은 지금 저 너머에서 마가스와 싸우는 대우 부족의 실력이 굉장히 뛰어날 것이라 짐작했다.

서로 싸우는 중에도 이쪽으로 피해가 가지 않도록 방비하고 있다는 소리이고, 실제로 그게 성공하고 있으니 진미선보다는 더 높은 실력자란 소리가 분명했다.

"그렇게 볼 거 없어. 대우 부족은 원래 굉장한 사람들이 많아. 그들의 역사는 무척이나 길거든."

진미선은 세현의 시선에서 뭔가를 느꼈는지 그렇게 변명 비슷한 말을 했다.

"대우 부족이 그렇게 뛰어나다면 어째서 투바투보에 일반 전사들을 보낸 겁니까? 그것도 초인들이 세상사에 관여하지 않고 몸을 숨기려는 것과 연관이 있습니까?"

세현이 물었다.

"그렇게 볼 수도 있지. 쉽게 생각해. 내가 하면 무척 쉽게 될 수 있는 일이지만, 그걸 내가 해버리면 다른 누군가는 일거리를 잃게 되는 거야. 그리고 그 때문에 발전 가능성도 잃게 될 수 있고. 초인이 많다고 거기에 기대게 되면 그 종족 자체가 언젠가는 허망하게 멸족할 수도 있어."

"무슨 말인지 알겠습니다."

"알겠다고는 했지만 이해하긴 어려울걸? 실제로 어떤 경우에는 완전히 멸족할 것 같은 때에도 초인들이 나서서 자신의 종족을 돕지 않는 경우도 있어."

세현은 진미선의 그 말에는 마땅히 대꾸할 말이 없었다.

지금 지구 인류가 멸망한다면 진미선이 나설지를 생각하면 별로 기대할 수 없을 거란 느낌이 들었다.

"그런데 미선 님은 지구 출신이 맞는 겁니까?"

세현이 물었다.

이전에도 비슷한 이야기가 있었지만 진미선은 지구 출신이면서도 또 아니기도 하다는 말을 했다.

그런 두루뭉술한 대답보다 조금 더 구체적인 대답이 듣고 싶은 세현이었다.

"맞아. 우주의 신비지. 네가 태어난 그 지구 말고 또 다른 지구가 있으니까. 평행차원 정도로 이해해. 여기 이면공간을 떠돌다 보면 결국 평행차원도 넘나드는 경우가 생겨. 내가 그런 경우에 해당하지."

"역시 우리 지구 출신은 아니었군요."

세현은 진미선의 말을 그렇게 받아들였다.

평행차원이고 뭐고 결국 다른 것이란 결론을 내린 것이다.

"그래. 그렇게 생각하는 것이 제일 편하지. 둘 사이의 연관성 따위는 생각해 봐야 머리만 아프니까."

투화황! 쿠구궁!

쿠롸롸롸롸! 쿠어어엉!

진미선의 말과 동시에 모퉁이 너머 복도 저 멀리서 마가스의 포효가 울려 퍼졌다.

하지만 세현은 그 소리가 이전과 달리 기세를 잃은 애처로운 소리라고 느꼈다.

"우물, 그만 가라."

쿠롸롸롸롸아아아아아롸아—!

마지막을 선언하는 대우 부족 초인의 목소리에 이어서 마가스의 비명 같은 소리가 길게 늘어지다가 끝내 사그라지고 말았다.

"끝난 모양이네. 아이고!"

진미선이 벽을 짚으며 억지로 몸을 세웠다.

세현도 그녀를 따라서 몸을 일으켰다.

두통과 몸의 고통이 조금은 나아졌기에 세현은 진미선을 따라서 모퉁이를 돌아서 싸움의 결과를 확인할 수 있었다.

짙은 흑갈색의 피 웅덩이 속에 마가스가 쓰러져 있었지만 그 모습도 희뿌연 연기와 함께 사라지는 중이다. 에테르 기반 생명체가 죽으면 다시 에테르로 돌아가는 현상이었다.

등을 보이고 있는 대우 부족 초인이 기화되어 사라지는 마가스의 사체에서 코어 하나를 들어 올리고 있었다.

"마가스의 코어는 좀 다를 텐데… 아깝네."

진미선이 조금 아쉽다는 듯이 혀를 차며 그 모습을 보았다.

대우 부족의 초인은 코어를 소매 안으로 밀어 넣고는 등을 돌려 세현과 진미선을 바라봤다.

"대우 님!"

세현이 곧바로 그를 알아보고 고함을 지르듯 그를 불렀다.

"꼬마, 이제는 제법 성장했군. 내 선물도 잘 지니고 있는 것 같고. 우물우물. 반갑다고 해야겠지?"

대우가 세현을 보며 특유의 되새김질 소리를 섞어 인사했다.

"뭐야? 아는 사이야?"

진미선이 세현을 보며 물었지만 세현은 당장 진미선에게 대답하고 있을 정신이 없었다.

"처음부터 알고 있었어요? 우리 형이 대부 부족의 테멜 안에 갇혀 있다는 거요!"

세현이 대우에게 따지듯이 물었다.

"진강현? 그 녀석이 우리 부족의 테멜 안에 있는지 어떤지는 나도 모르지. 우물우물, 녀석이 내게 너를 부탁한 건 사고가 있기 전이란 말이지. 우물."

"그러니까 테멜의 매개체가 파괴되기 전이었다고요?"

"그렇지. 그리고 난 무척 바빠서 말이야, 부족 일에는 좀처럼 신경을 못 쓴다고. 우물우물, 내가 비록 파견자들의 우두머리 노릇을 하고 있긴 하지만, 내가 직접 나서야 할 일은 다른 놈들에게 맡길 수 없는 경우가 대부분이니까. 우물, 꿀꺽!"

"그게 말이 돼요? 테멜의 매개체가 부서졌다는 것을 알았으면 우리 형에 대해서도 알고 있었을 거 아니에요?"

세현은 대우에게 말도 안 되는 소리라며 따지고 들었다.

"말 그대로 매개체가 부서진 경우잖아. 그러니까 테멜 안쪽에 대해선 전혀 알 수가 없다는 거지. 움물. 그러니 강현 그 친구나 공아현, 그 친구에 대해선 나도 알 수가 없지."

"공… 아현이요?"

"음? 몰랐나? 우물, 자네 형수 이름이야. 강현, 그 친구의 반려."

"아, 그, 그래요?"

세현은 처음으로 듣는 공아현이란 이름이 어딘가 익숙하다는 생각을 했다.

그리고 잠시 어디에서 들은 이름인가 생각하던 세현은 고개를 번쩍 들었다.

"아, 간호장교!"

세현은 공아현이란 이름이 어딘지 익숙한 이유를 알아차렸다.

형인 진강현 이후 두 번째로 천공기사가 된 사람의 이름이 공아현이었다.

진강현이 장난삼아 던진 천공기를 얼떨결에 받았다가 천공기사가 되었고, 그 후로 언제나 진강현과 함께 이면공간을 오가던 사람.

그럼에도 언제부턴가 그녀에 대한 이야기는 거의 알려지지 않았다.

어떻게 보면 진강현이라는 제1천공기사의 이름에 가려서 존재감이 사라진 여자라고 할 수도 있었다.

그런데 그런 사람이 지금 강현의 반려로 등장하고 있다. 게다가 세현이 알기로 형수의 능력은 형의 능력을 넘어선 듯이 보였다.

형이 남긴 다이어리에 숨겨진 이야기들.

그것은 형도 알지 못하게 남긴 형수의 흔적이었다.

그것만 보아도 그 당시 형수가 형보다 뛰어난 실력을 지니고 있던 것이 분명했다.

"알고 있었나? 우물우물. 모르는 줄 알았는데?"

대우가 의아한 눈빛으로 세현을 바라봤다.

대우가 알기로 세현과 공아현은 한 번도 만난 적이 없었다.

"형 다음으로 천공기사가 되어서 세상을 떠들썩하게 한 사람이라 이름은 익숙해요. 직접 본 적은 한 번도 없지만요."

세현이 실제론 알지 못한다는 의미로 그렇게 대답했다.

"음, 굉장했지. 우물우물. 강현, 그 친구보다 훨씬 재능 있는 사람이었어. 움물."

"네, 그럴 거라고 생각했어요. 형이 남긴 다이어리에 형수가 숨겨놓은 메시지가 있었는데, 형은 그걸 모르는 것 같았거든요. 형수가 남긴 메시지의 수준이 훨씬 높았죠."

세현이 대우의 말을 인정한다는 듯이 고개를 끄덕였다.

"무슨 이야긴지 알겠는데, 지금은 그 이야기보다는 마가스와 이곳 테멜에 대해서 이야기하는 것이 더 중요할 것 같은데?"

세현과 대우가 나누는 이야기의 허리를 진미선이 끊고 들어왔다.

세현과 대우가 그런 진미선을 쳐다봤지만 그녀의 말이 틀린 말은 아니었다.

"마가스는 정리를 했다네. 봐서 알겠지? 코어가 나오긴 했는데 거칠어. 정제가 제대로 되지 않았어. 우물우물."

"정제가 안 되다니요?"

대우의 말에 진미선이 인상을 찌푸렸다.

제대로 완성도 되지 않은 상대에게 당했다는 생각에 부끄럽고 화가 난 것이다.

"급격하게 기운을 늘렸더군. 이곳의 테멜 코어를 이용해서 말이야. 우물, 꿀꺽! 그래서 기운의 양만 놓고 본다면 나도 무시하기 어려운 수준이었어. 그러니 조금 밀렸다고 실망할 일은 아니지. 움물."

대우가 그런 진미선에게 마가스가 보통이 넘는다는 말로 위로를 했다.

진미선은 곧바로 얼굴 표정이 밝아지진 않았지만 어느 정도 수긍한 표정을 지었다.

"그리고 그 때문에 테멜 코어의 상태가 별로 좋지 않아. 붕괴될 정도까진 아닌데, 우물. 아무래도 제대로 작동하려면 보수를 좀 해야 할 것 같아. 우물우물."

"어차피 고정형이라 별로 쓸모도 없지 않나요? 그냥 매개체를 찾은 후에 파괴하는 것이 좋지 않을까요?"

진미선은 고정 테멜을 그대로 두는 것보다는 파괴하자는 의견을 내놓았다.

"여기가 우물우물, 몬스터들 영역이기는 하지만 조금만 힘을 쓰면 수복할 수 있는 곳인데 그럴 필요가 있나? 우물우물. 더구나 테멜도 하나의 지형지물로 이해를 해야지. 우물, 그걸 파괴하는 것도 그다지 좋은 일은 아니야."

"하긴, 그것도 그러네요. 그냥 두고 이곳 지유에션의 사람들이 알아서 하도록 두는 것이 옳을 수도 있겠어요."

진미선은 대우의 말을 듣고는 곧바로 그 말을 수용했다.

"그렇지. 그런 거네. 우물. 우리는 될 수 있으면 두고 보는 입장이어야지 이렇게 끼어드는 것은 별로 좋지 않네. 우물우물."

대우가 쓰러진 마가스가 있던 자리를 쳐다보며 말했다.

세현은 그런 대우의 표정에서 이번 일에 대해서 별로 달가워하지 않는다는 인상을 받았다.

진미선도 마가스를 공격하는 것을 내켜하는 것은 아닌 듯했는데, 대우도 그런 모양이었다.

"아깝게 되었어. 가능성이 없는 건 아니었는데. 참, 그런데 듣자니 오는 길에 폴리몬 하나를 처리했다고 하던데? 우물우물."

잠깐 말이 없던 대우가 갑자기 화제를 바꿨다.

세현 일행과 함께 오면서 소멸시킨 폴리몬에 대한 이야기인 듯해서 세현의 관심이 급격하게 둘에게로 쏠렸다.

매개체를 확보하고 대우 부족의 테멜로

"네, 지유에선으로 오는 길목 하나를 차지하고 지나가는 사람들을 주기적으로 사냥하고 있었어요. 그냥 몬스터 때문에 일어난 일이라고 생각해서 별문제 없다고 결론을 내렸죠. 그냥 그곳에 은거하고 있는 놈이겠거니 하고 약간 경고만 하고 투바투보로 갔는데 그게 아니었던 거죠."

"은거를 하고 있는 것이 아니었다? 우물. 그럼?"

"작정하고 사람 사냥을 하고 있었어요. 그것도 주변 이면공간에 정보원까지 두고 해치워도 별로 탈이 없을 것 같은 사람들만 골라서요."

"우물우물. 그래서 처리를 했다는 거군. 그렇다면 따질 이유가 없지. 충분히 소멸시킬 이유가 되니까. 우물우물."

대우가 그렇게 진미선의 행위를 인정하자 진미선의 안색이 눈에 띄게 밝아졌다.

인류의 초인이 에테르 기반 생명체의 초인을 소멸시키는 것은 어찌 보면 당연한 일이지만, 또 무턱대고 일을 벌이다가는 양쪽 세력 초인들끼리의 전면전이 벌어질 가능성도 있었다.

그 때문에 초인들의 활동은 느슨한 듯하면서도 실제론 강력하게 단속하고 있었다.

진미선이 폴리몬 초인을 소멸시킨 것은 그런 의미에서 중요하게 다룰 수 있는 문제였지만, 대우가 인정한다면 다른 쪽에서도 이야기가 나오지 않을 것이다.

대우가 가진 무게감은 그 정도로 충분했다.

"우물, 그럼 이제 좀 기다려 볼까? 어차피 우리 부족의 테멜 매개체가 나타날 때까지는 이곳에서 머물러야 할 테니까 말이야. 저쪽도 이젠 정신을 차리는 것 같고."

대우가 멀리 모퉁이 너머에서 사람들의 움직임이 느껴지는지 그렇게 말했고, 세현도 에테르에 집중하자 팀 미래로와 대우 부족 파견자들이 깨어나 움직이는 것을 알 수 있었다.

　　　　　*　　　　　*　　　　　*

테멜의 매개체는 세상 그 무엇이든 될 수 있다.

세현이 대우에게 들은 바로는 언젠가 테멜의 입구가 생명체의 몸에 생겨난 적도 있다고 했다.

거기다가 지금은 오랜 연구 끝에 테멜과 비슷한 것을 인공적으로 만들어내는 성과도 거두고 있었다.

다만 그 기술을 적용하는 것은 무척 까다로운 승인 과정이 필요하다는데, 자세한 이야기는 하지 않았다.

세현이 생각하기에 그 승인 과정에 이면공간 전체를 아우르고 있는 시스템의 간섭이 있는 것이 분명해 보였다.

"우물우물, 테멜의 매개체가 파괴되면 그 테멜의 코어는 자체적으로 그 입구를 새로 생성하는 과정에 들어가지. 그런데 여기서 중요한 것은 그렇게 만들어진 입구가 이전처럼 이동형이 되리란 보장이 없다는 거지. 우물우물."

"그럼 이동형 테멜이 고정형이 되어버릴 수도 있다는 겁니까?"

"그렇지. 거기다가 같은 이동형이라도 운이 없어서 집채보다 큰 바위나 나무 같은 것이 매개체가 되어도 문제지. 움물, 이전보다는 훨씬 이동이 어려워지지지 않겠나."

"그렇군요. 그럼 어떻게 합니까? 정말 운이 없으면 여기 이 던전 자체가 매개체가 될 수도 있는 거 아닙니까?"

세현은 대우에게 그렇게 물었지만 그리 걱정하는 표정은 아니었다.

이야기를 하거나 듣고 있는 대우 부족의 표정을 보면 뭔가 방법이 있을 거라는 예상이 가능했기 때문이다.

"그렇지. 하지만 그걸 막을 방법이 있어. 테멜의 코어를 통제하고 있다면 테멜의 입구를 만드는 것도 조율할 수가 있지. 그래서 입구를 처음으로 만들 때 적당한 매개체를 지정해 주면 되는 거지."

"그럼 안쪽에서 이곳의 상황을 알아야 하는 거 아닙니까?"

세현이 물었다.

테멜 안에서 밖을 확인할 수 있어야 매개체를 지정할 수 있을 거란 생각이다.

"그건 아니고, 매개체 자체를 테멜 안에서 지정해서 출입구를 만들면서 밖으로 내보내는 방법을, 우물우물, 쓰는 거지."

"그런 수도 있습니까?"

"꼭 필요하면 입구를 잠깐 여는 것도 가능하니까 말이야. 더구나 우리 부족의 테멜은 규모가 큰 곳이기 때문에 그 정도 여력은 있지. 다만 이번 경우에는 테멜 코어의 문제를 코어 수정을 이용해서 보완한 직후에 문제가 생겨서 테멜 코어의 회복까지 기다릴 수밖에 없었다는 것이 문제였지. 우물우물우물. 악재가 겹쳤다고 할까? 그런 상황이었지."

대우는 그렇게 말하고는 일행이 머무는 공동의 중앙을 바라봤다.

그곳이 테멜의 매개체가 생성될 장소라고 했다.

세현은 테멜의 입구 매개체가 없는 상황에서도 밖으로 나갈 수 있는 방법이 있다는 말에 불안감을 느꼈다.

이번에도 혹시 그의 형이 대우 부족의 테멜 안에 없는 것은 아닌가 하는 마음에 생긴 불안감이었다.

"그런데 우리 형이 대우 부족에게 도움이 되었다는데 어떤 도움이었죠?"

세현이 대우와 마찬가지로 공동의 중앙으로 시선을 던지며 물었다.

"그 시작이야 알다시피 투바투보였지. 거기서 우리 전사들이 공적 점수를 쌓는 것을 도와줬거든. 우물우물, 우리 전사들 중에 희생자가 좀 생겨서 최소 부대 단위를 유지하는 데 어려움을 겪는 중에 너희 형 부부가 합류해서 숨통이 트였지. 움물, 꿀꺽!"

"그게 전부는 아닌 것 같은데요?"

세현은 고작 그런 정도로 눈앞에 있는 초인 등급의 대우가 진강현의 부탁을 들어줄 일은 없을 거라고 생각했다.

"크으음, 정확하게 이야기하자면 공아현, 그녀 때문이지. 내가 그녀에게 빚을 좀 졌어. 생명이 위급한 상황에서 도움을 받았거든. 움움움물."

"형수에게요?"

"그래. 거기다가 강현과 그녀 둘 다 성실하고 적극적으로 우리에게 도움을 줬지. 우물우물, 그 때문에 모두 너희 형 부부를 친구로 받아들이게 된 거고. 그래서 함께 테멜로 들어갔던 거지."

"그럼 형이 부탁했다는 건?"

"우물우물, 너를 위해서 작은 이면공간을 찾아서 거기에 수련 준비를 한 건 테멜에 들어가기 전이지. 원래는 간단하게 테멜만 준비해 둔 건데, 우물우물, 나를 알게 되고는 그곳을 좀 더 지켜보다가 네게 도움을 주라고 한 거지."

"그러니까 형이 실종되기 전에 먼저 준비해 뒀다가 대우님에게 부탁할 상황이 되자 나중에 부탁했다는 거군요?"

"우물우물, 그런 거지. 맞아."

세현은 대우의 말을 듣고서야 그동안 조금씩 쌓인 궁금증이 많이 해소되는 것을 느꼈다.

자신을 위해 준비한 이면공간과 대우와의 만남 사이에 시간적 괴리가 있던 것이 이로써 설명되었던 것이다.

"그런데 지구에 문제가 있다고? 우물우물, 이상한 돌연변이가 생겼다는 소리가 있던데?"

대우가 세현에게 크라딧의 변화에 대해서 물었다.

세현이 진미선과의 대화에서 언급했고, 또 팀 미래로의 대원들도 알고 있는 이야기라 서로의 대화 중에 몇 번이나 나온 말이다.

대우도 그런 이야기 속에서 돌연변이 현상을 듣고 관심이 생긴 모양이었다.

"그게 어떻게 일어나는 건지는 모르지만 에테르 기반 생명체의 그것으로 신체 일부가 바뀌고 있다더군요."

세현은 숨길 이유가 없다는 듯이 대우에게 아는 바를 이야기했다.

"우물, 으음. 그건 좀 알아봐야 할 문제군. 그쪽 지구는 워낙 변방이라서 별로 신경을 쓰지 않고 있는데, 에테르 기반 생명체와의, 우물우물, 일반 생명체의 결합은 간단히 넘길 문제가 아니지."

"그거 결합이 아니라 돌연변이라니까요? 신체 일부가 변하는 거지 결합되는 것이 아니라고요."

세현은 대우의 말을 정정해 주었다.

"말도 안 되는 소리. 우물, 아예 기반 자체가 다른데 돌연변이가 될 수는 없어. 그건 일종의 침식이지 절대 자연적으로 변하는 것이 아니야. 우물우물, 그러니까 사라진 부분을 새로 나타난 것이 차지하는 식일 거야. 우물우물."

하지만 대우는 세현이나 지구의 과학자들이 알고 있는 것과는 전혀 다른 결론을 내리고 있었다.

"그게 위험한가요?"

"위험하지. 아주 위험해. 우물우물우물."

대우는 세현의 말에 짧게 대답하면서 뭔가 깊은 생각에 잠겼다.

"또 다른 형태의 침략이라고 볼 수도 있어. 우물우물, 그건 간단한 문제가 아니야. 알아봐야 해. 우물우물."

이제 대우는 주위에는 신경도 쓰지 않고 자신만의 세계에서 깊은 생각에 빠진 모습이다.

[음음. 움직여! 움직이고 있어!]

'팥쥐'의 의지가 세현의 뇌리를 강하게 두드렸다.

세현은 번쩍 눈을 뜨고 정신을 차렸다.

잠깐 눈을 붙이고 휴식을 취하는 중에 '팥쥐'가 그를 깨운 것이다.

'무슨 일이야?'

세현이 '팥쥐'에게 물었다.

[에테르가 움직여. 음음.]

'테멜 코어가 작동하는 거야?'

세현은 이곳 던전 자체가 테멜 코어의 에테르로 유지되고 있다는 사실을 알고 있었기에 테멜 코어에서 나온 에테르의 특별한 움직임이 생긴 것인가 했다.

[음? 아니. 세현이 보던 그거. 거기에서 없던 에테르가 흘러나와. 어디선가 나오고 있어. 음음음.]

"뭐?"

세현은 깜짝 놀라서 자신도 모르게 목소리를 입 밖으로 냈다.

그리고 벌떡 일어나서 공동의 중앙으로 가까이 다가갔다.

"드디어 시작이 된 것 같군. 우움."

"정말 그러네요. 그런데 세현도 이걸 느낀 건가요? 감각이 무척 좋은 모양이네요."

대우와 진미선이 세현보다 먼저 그곳에 서 있었다.

그리고 잠을 자지 않고 대기하고 있던 이들 모두의 시선이 그 둘에게 집중된 상태였다.

"이건 마치 무에서 유가 창조되는 것처럼 느껴지는군요. 그냥 허공에서 에테르가 샘솟듯 솟아나고 있으니 말이죠."

세현이 두 사람의 곁으로 다가서면서 자신이 느낀 것을 그렇게 표현했다. 실제로도 정말로 아무것도 없는 허공에서 에테르가 나오고 있었다.

"따지고 보면 이곳 현실에는 없는 거니까. 테멜이 입구가 사라진 상태라면 그곳은 온전히 독립된 세상이지. 이면공간처럼 현실과 겹쳐 있다고 보기도 어려워. 이면공간보다 훨씬 더 독립적인 공간이 테멜이니까."

"대신에 입구가 존재하지. 개방되어 있는 입구 말이야. 우물우물. 그게 있기 때문에 외부로부터의 간섭을 완전히 끊지 못하는 거지. 우물우물우물. 그래서 그 입구만 조절을 할 수 있다면 그야말로 최고의 공간이라고 할 수 있지. 때론 세상의 멸망으로부터 도피할 수 있는 피난처가 되기도 하고."

진미선과 대우가 점점 강렬해지는 에테르의 응집을 바라보며 번갈아 테멜에 대해서 이야기했다.

웅성웅성.

뒤쪽에서 팀 미래로와 파견자 무리가 떠드는 소리가 들렸다.

휴식을 취하던 이들까지 모두 일어나서 공동의 중앙에서 일어나고 있는 현상을 바라보고 있었다.

대우 부족의 파견자들은 대우가 나타난 이후로는 거의 방관자의 입장이 되어 있었다.

주도권을 온전히 대우가 쥐고 있는 것이다.

더구나 그들은 대우를 어렵게 생각하고 있는지 사적인 대화를 나누는 것도 주저했다.

그 덕분에 세현이 대우와 진미선 가까이에 붙어 있을 수 있는 것이기도 했다.

파츠츠츠츳, 파츠츠츠츠! 푸화확!

강렬하게 응집되던 에테르가 어느 순간 한계에 이르렀는지 밝은 빛과 함께 팽창했다.

무척이나 위험한 상황인 듯 보였지만 팽창한 에테르는 일정 범위 밖으로는 벗어나지 않았다.

대신에 에테르가 안개처럼 변하면서 조금씩 형태를 갖췄고, 결국 회색의 회오리 모습으로 변했다.

그 회오리를 받치고 있는 것은 황금색으로 빛나는 손바닥 크기의 금속 패였다.

"오오오, 드디어!"

뒤쪽에서 야울스의 감탄이 들렸다.

대우가 몇 걸음 걸어가 허공에 떠 있는 금속 패를 손바닥 위에 올렸다. 그리고 그 상태로 잠깐 뭔가 하는 듯이 눈을 감고 집중했다.

우우우우웅, 슈르르르르룽!

그렇게 얼마간 시간이 흐르자 허공에 떠 있던 회색 회오리가 패 안으로 빨려 들어가 버렸다.

테멜의 입구가 사라진 것이다.

"휴우, 쉽지 않았어. 우물우물. 아직 때가 아닌데 조금 급하게 일을 처리한 모양이야. 뭐 이 정도는 조절할 수 있을 거라고 생각했겠지."

대우가 그렇게 말을 하며 주머니에서 꺼낸 황금색 사슬을 금속 패에 연결했다.

그것으로 덩치가 큰 대우 부족의 목에 걸 수 있는 목걸이가 만들어졌다.

"이건 이제 누가 맡게 되나?"

대우가 파견자들을 보며 물었다.

"제가 한동안 책임지게 되었습니다."

대답을 한 것은 야울스였다.

"그래? 그럼 수고를 좀 해주게. 일단 우리는 이곳을 벗어난 후에 각자 갈 길을 가기로 하지."

대우는 모두를 던전 밖으로 이끌고 나가서 몬스터 영역까지 멀리 벗어날 때까지 함께했다.

그리고 야울스만 홀로 남고 다른 사람들은 대우 부족의 테멜 안으로 들어가기로 했다.

야울스는 부족의 테멜 매개체인 목걸이를 누군가에게 넘겨줄 때까지 지유에션에서 머물며 테멜 안의 일족과 지유에션을 연결하는 다리 역할을 하게 될 터였다.

어쨌건 세현은 드디어 형을 만날 수 있으리란 기대로 들떠서 대우 부족의 테멜 안으로 들어갔다.

입구는 야울스가 목걸이의 패를 이용해서 만들어줬다.

"조만간 다시 보세."

"갔다 오겠습니다."

"수고해!"

테멜 안으로 들어가는 이들이 한마디씩 야울스에게 인사를 남겼다.

세현은 대우 다음으로 곧장 테멜 안으로 사라졌다.

형? 형! 형!!

"여기가… 테멜 안?"

세현은 대우를 따라서 급하게 테멜의 입구로 몸을 날린 후 별다른 저항감 없이 새로운 장소에 서 있게 되었다.

세현이 바라보는 곳은 사방을 굵은 석조 기둥이 둘러싸고 지봉 역시 석조로 다듬어 올린 건물 안이었다.

다만 벽이 없고 기둥으로만 구획을 나누어놓은 것이 지구의 고대 그리스 신전을 떠올리게 만드는 곳이었다.

"오오오오, 드디어 밖에서 사람들이 들어오는군."

"저게 누구야? 어르신 아냐?"

"그러네? 정말이야! 어르신께서 오셨어! 이런 경사가 있나!"

"어? 저기 파견자들이 들어오고 있군. 함께 온 자들은 누구지? 익숙한 모습인데?"

"보면 모르나? 진강현, 그 친구와 같은 종족이잖아. 지구라는 행성에서 온 사람들이 분명하다고!"

"그러고 보니 그런 것 같기도 하고. 아니, 저기 어르신 곁에 있는 사람을 보니 확실한 것 같은데? 진강현, 그 친구와 꼭 닮았어."

"정말? 어? 정말이네? 확실히 닮았어. 형제인 걸까?"

"그렇겠지? 그러고 보니 그 친구, 가끔 동생 거정을 하곤 했지?"

"맞아, 그랬어."

세현은 신전을 둘러싸고 있는 엄청난 인파에 놀라면서도 그들이 주고받는 대화 속에서 형에 대한 이야기가 있는 것을 놓치지 않았다.

확실히 이곳에 그의 형인 진강현이 있는 것 같았다.

"자, 가지. 우물."

대우가 앞장서서 일행을 이끌고 건물 밖으로 걸음을 옮겼다. 기둥만 있는 건물이지만 출입구가 따로 있는지 기단(基壇)을 세우고 높이를 높인 건물의 아래로 내려가는 계단이 한쪽에 있었다.

　대우는 일행을 그곳으로 이끌고 가서 계단으로 내려갔다.

　"어서 오십시오, 어르신."

　그런 대우를 타모얀의 대우 부족 사람들이 맞이했다.

　딱 봐도 지위가 높아 보이고 나이도 많아 보이는 이들이 대우에게 고개를 숙이고 인사를 했다.

　"오랜만이야. 한동안 갑갑했을 텐데 잘 지냈는지 모르겠군. 우물, 별일은 없었지?"

　"물론입니다, 어르신. 특별한 일은 없었습니다. 엉덩이에 뿔 난 녀석들이 갇혀 있는 것을 답답해하기는 했습니다만……."

　"우물우물, 그렇겠지. 자자, 일단 숙소부터 좀 정해 줘. 오랜만에 고향에 왔는데 편히 쉬자고."

　대우가 노인에게 숙소를 요구하자 곧바로 일행 앞으로 인파가 갈라지며 통로가 생겼다.

　대우를 맞이한 노인이 그 사이로 일행을 안내했다.

　세현은 형에 대해서 궁금하기 짝이 없었지만, 지금 당장 그 문제를 꺼내기에는 분위기가 적당하지 않은 것 같아서 꾹 참았다.

　진미선도 조급해하는 세현의 어깨를 살짝 잡아서 세현의 마음을 가라앉혀 주었다.

*　　　　*　　　　*

일행은 노인의 안내로 그들이 마련한 숙소에 들었다.

원래 타모얀 종족은 각 부족의 특성에 따라서 정착하거나 혹은 유랑을 하는데, 대우 부족은 마을이나 도시를 이루고 정착 생활을 하는 부족이었다.

다만 세현 일행이 도착한 곳은 그들 대우 부족의 성지와 같은 곳이어서 특별한 경우에만 개방되는 곳이라 게이트 관리자들이 머무는 작은 건물이 전부였다.

때문에 세현 일행은 대우 부족이 큰 행사 때 사용하는 천막으로 된 숙소를 쓰게 되었다.

세현은 대우나 진미선과 헤어져 팀 미래로의 대원들과 함께 거대한 천막을 사용하게 되었다

세현은 천막에 들어오자마자 일행을 돕기 위해서 배정된 젊은 대우 부족에게 진강현에 대해서 물었다.

하지만 그는 진강현에 대해서 알지 못한다는 말로 세현을 실망시켰다.

분명히 세현이 게이트를 넘어 들어올 때에 진강현이란 이름을 들었고, 그와 비슷하게 생겼다는 소리도 들었다. 그런데 형에 대해서 물으니 모른다는 대답이 돌아왔다.

"잠시 기다리시면 손님들을 위한 연회가 있습니다. 일족의 어른 분들이 많이 모이시는 자리에 여러분 모두를 초대하는 것이니 제가 모르는 것을 물어보실 수 있을 겁니다."

세현이 크게 실망한 모습을 보이자 그 젊은 대우 부족원이 그렇게 세현을 위로했다.

그리고 정말로 얼마 후에 연회가 있으니 자리를 함께해 달라는 전갈이 왔다.

세현은 약간은 실망한 기분으로 연회에 참가했다.

어차피 연회의 주빈은 팀 미래로가 아니었다.

대우나 진미선, 파견자들이 있으니 팀 미래로는 대우 부족에게 별다른 시선을 받지 못하는 상황이었다.

그래도 손님 입장이라 초대를 거절할 수가 없어서 팀 미래로의 대원들은 연회장의 한쪽에 함께 모여서 음식과 음료를 즐겼다.

"어머나, 저기 저 사람들이 지구에서 왔다는 그분들?"

그런데 연회가 벌어지는 공터의 입구 쪽에서 팀 미래로 대원들의 귀를 열리게 하는 목소리가 들렸다.

대부분의 팀 미래로 대원은 한국 출신이었고, 조금 전에 들린 목소리 역시 한국어였던 것이다.

통역 기능으로 전해지는 것과 달리 모국어는 번역이 되지 않고 전해진다. 그 때문에 여인의 맑은 목소리는 팀 미래로 대원들의 관심을 끌기에 충분했다.

세현은 입구에 있는 두 사람의 모습을 발견하고는 온몸이 굳은 듯이 움직이지 못했다. 그리고 그런 세현의 상태를 알아차린 대원들 역시 굳은 얼굴로 세현과 두 남녀를 번갈아 쳐다봤다.

"형? 형! 형!!"

세현이 고함을 지르며 단번에 공터 입구의 사내를 향해 달려갔다.

입구 쪽에 나타난 남녀, 그중에 남자는 진강현이 분명했다.

세현은 시간이 흘렀어도 별반 변한 것이 없는 형을 단번에 알아봤다.

"어이쿠, 야야, 다 커서 이게 무슨 짓이야? 너, 예전의 귀엽던 녀석이 아니라고. 지금은 징그럽지, 이러면."

진강현이 몸을 날린 세현을 마주 안아주며 너스레를 떨었다.

그러면서도 그의 팔은 세현을 꼭 보듬어 안고 있었다.

"형!"

세현은 다시 한 번 진강현의 얼굴을 확인하고 그를 끌어안았다.

"짜식이! 많이 변했구나. 눈물 한 방울 안 보이네."

진강현은 동생의 눈이 붉어진 것을 보면서도 여전히 농담을 던졌다.

그런 그의 눈시울도 붉어져 있었다.

"내가 무슨 애도 아니고. 이 정도면 충분히 감격스러운 거라고."

세현이 슬쩍 형의 가슴을 밀어내며 한 걸음 물러났다.

사람들이 모두 보는 중에 형을 끌어안고 있는 것이 쑥스러운 탓이었지만, 그럼에도 밀어낸 형의 손을 잡고 있는 것은 여전했다.

"뭐가 이리 싱거워? 아니, 동생에겐 알리지 말고 꼭꼭 숨겨놓으라더니 겨우 이렇게 만나려고 그런 거였나? 그것참, 재미없군."

연회장의 대우 부족 중의 하나가 진강현과 세현의 만남을 보면서 맥이 빠졌다는 듯이 말했다.

"그러게 말이야. 뭐야, 십몇 년을 못 만났다면서? 그럼 서로 얼싸안고 막 울고 그래야 하는 거 아냐?"

"내가 듣기론 그런다고들 하던데. 특히 지구라는 행성에선 말이야."

"그런데 아니잖아. 저게 무슨……."

"사람마다 조금씩 다른 모양이지, 뭐."

말을 꺼낸 사람뿐만이 아니라 모두들 진강현이 오늘 이 자리에 나타날 거라는 사실을 알고 있는 모양이었다.

"어떻게 된 거야? 형은 내가 여기 올 걸 알고 있었어?"

세현이 진강현을 보며 물었다.

"뭐 그렇게 된 거지. 테멜의 매개체를 밖으로 보내는 일인데 그냥 할 수가 있나? 그러니 예비 작업도 필요한 거고 그렇지. 그 예비 작업을 할 때 밖의 상황을 대충 파악했지. 설마 블스칸께서 함께 있을 줄은 몰랐지만 말이야."

"블스칸?"

"응, 저기 저분."

"대우 님?"

"그렇게 소개를 하셨나 보네? 대우라고? 하긴 대우 부족의 최고 어른이시니 그렇게 불러도 이상할 건 없지."

"파견자 우두머리라고 하시던데?"

"어디에서나 무엇을 해도 대우 부족과 관계가 있으면 최고 우두머리시지."

"어떻게 그런 분을……"

세현은 그렇게 높은 자리에 있는 사람을 자신의 천공기사 수련을 위해서 보낸 것이 이해가 되지 않았다.

"뭐? 아, 그건 저분이 우리 부부를 잘 봐서 그런 거야. 솔직히 별로 해드린 것도 없는데 우릴 친구로 공표하셨지. 그걸 또 아니라고 할 수도 없고. 뭐 그랬던 거다."

"아!"

세현은 형의 말에서 잠깐 잊고 있던 형수의 존재를 떠올렸다.

"아, 안녕하세요. 진세현입니다, 형수님."

세현이 급히 공아현을 향해서 허리를 숙이며 인사했다.

"어머나, 난 조금 더 있어야 나를 떠올릴 줄 알았는데, 그래도 별로 안 늦었네요. 반가워요. 공아현이라고 해요."

인사를 하는 세현에게 공아현이 손을 내밀었다.

세현은 잠깐 당황하며 그 손을 마주 잡고 악수를 했다.

"고생 많았어요, 도련님. 혼자 힘들었을 텐데."

공아현이 세현이 마주 잡은 손에 반대쪽 손까지 더해서 꼭 잡아주며 위로의 말을 건넸다.

세현은 그 소리가 형을 만나서 격해진 마음을 더욱 크게 흔드는 것을 느끼며 그것을 다스르느라 안간힘을 썼다.

자칫하다간 처음 보는 형수 앞에서 눈물을 쏟을 것만 같았다.

"어이, 뭐 하냐? 손 놔라. 내 마누라다."

그런 세현을 진강현이 나서서 구해줬다.

"이이가, 지금 장난칠 때예요?"

공아현이 그런 진강현에게 눈을 흘겼다.

"하하하! 자자, 저리로 가자. 좀 구석으로 가서 우리 가족끼리 이야기 좀 하자."

진강현이 세현의 어깨를 두르며 공터의 한쪽 구석으로 움직이기 시작했다.

그 때문에 언제든 진강현과 세현 사이에 끼어들려고 기회를 보고 있던 이들이 입맛만 다셔야 하는 상황이 되고 말았다.

정말 오랜만에 만난 가족의 시간을 방해할 수는 없는 상황이었다.

진강현이 일부러 그렇게 분위기를 만들고 있었지만 그것을 놓고 뭐라 싫은 소리를 할 수 있는 사람은 없었다.

다만 세현과 진강현, 공아현의 이야기가 빨리 끝나서 함께 자리할 수 있기를 기대할 뿐.

　　　　＊　　　　＊　　　　＊

"어떻게 된 거야?"

세현이 물었다.

강현은 그 질문에 뭐라 대답해야 할지 모르겠다는 난감한 표정으로 세현의 시선을 슬쩍 피했다.

"도련님, 일단 제가 설명할게요."

공아현이 그런 강현을 돕기 위해 나섰다.

세현의 시선이 형수인 공아현에게로 향했다.

"그때 우리는 선택을 해야 했어요. 그 프로젝트에 큰 문제가 있다는 것을 알게 되었기 때문이죠."

"프로젝트라고 하는 것이 인공적인 이면공간의 생성을 말하는 겁니까?"

세현이 배반의 크리스마스 실험을 떠올리며 물었다,

"아니요. 비슷하지만 달라요. 그사이에 어떻게 변했는지 모르지만 강현 씨와 제가 찾은 것은 그와는 조금 달라요. 그건 새로운 공간의 생성이긴 했지만 이면공간은 아니었어요. 도리어 이곳 테멜에 가까웠죠."

"테멜이라고요?"

"맞아요. 이면공간보다는 테멜이 훨씬 안정적이죠. 거기다가 이용하기도 편하고요. 그런 연구 자료가 우리 손에 들어온 것이 이해가 되지 않을 정도로 대단한 발견이었어요."

공아현은 슬쩍 연구 자료의 습득 과정에 꺼림칙한 뭔가가 있음을 내비쳤다.

"대단한 자료라고 하지만 결국 문제가 있는 거였잖습니까. 그 때문에 형과 형… 수님이 몸을 숨겨야 했던 거고 말입니다."

"호호, 그래요. 그렇게 되긴 했죠. 문제가 있었어요. 하지만 그렇다고 해도 그 자료의 가치를 폄하할 수는 없어요."

"좋습니다. 대단한 거라고 하고, 두 분이 문제를 발견하고 자료를 모두 수거해서 몸을 감춘 것까지는 이해하겠습니다. 그 뒤에는 어떻게 된 겁니까?"

세현은 남색 등급의 이면공간으로 들어간 후 실종된 형이 그 실종 기간 동안 어떻게 살았는지 알고 싶었다.

"야, 어떻게 되기는 뭐가 어떻게 돼? 남색 등급 이면공간에서 고생 좀 하다가 이면공간 통로를 통해서 이리저리 여행하고 다녔지. 솔직히 우리가 지구에 가긴 어려운 상황이었잖냐. 완전 역적이 되어 있었을 텐데."

듣고 있던 강현이 투덜거리는 어조로 세현에게 말했다.

그 목소리에는 자신도 어쩔 수 없는 상황이었다는 변호의 기색도 담겨 있었다.

"형, 지구 소식을 모르고 있었구나?"

세현이 물었다.

"여기 처박혀 있는데 어떻게 아냐?"

"형, 그 실험……"

"뭐?"

"지구의 열세 곳에서 동시에 그 실험이 진행되었어."

세현은 뚱하게 대꾸하는 강현에게 충격적인 소식을 그렇게 전했다.

세현의 말을 들은 강현은 잠깐 이해가 되지 않는다는 표정을 지었다가 눈을 커다랗게 떴다.

"무슨 개소리야? 우리가 자료란 자료는 모두 챙겼는데? 깔끔하게 챙겼다고! 남은 것은 하나도 없었을 텐데?"

강현이 버럭 고함을 질렀다.

Chapter 2

또 다른 뭔가가 있다는 거지?

"아니, 그건 말이 안 돼요! 우린 정말로 모든 것을 파기하고 수거했어요! 남은 것은 하나도 없었어요!"

공아현도 절대 그럴 리 없다고 놀란 표정으로 소리를 질렀다.

"천공 길드에 남은 것도 있고, 정부 프로젝트 팀에 남은 것도 있다고 들었는데요? 비록 핵심적인 내용은 빠졌어도 다른 것들은 남아 있었다고요."

세현은 자신이 파악한 내용을 전했다.

태극 길드 마스터를 통해서 당시의 상황을 어느 정도 확인해 둔 내용이었다.

거기다가 프로젝트와 연관이 있던 과거에 정권을 잡은 인물 몇도 세현이 개별적으로 만나서 확인도 했다.

그런데 형과 형수는 절대 아니라고 하는 것이다.

"그건 아니야. 우린 절대 실험이 이어질 여지를 남기지 않았다. 깔끔하게 지웠어. 그 때문에 어떤 사람의 기억을 지우는 극단적인 선택도 했다. 절대 되살릴 수 없는 방식이었어."

강현이 무거운 음성으로 확신을 담아 말했다.

"그럼 어떻게 된 거야? 천공 길드는 물론이고 전 세계적으로 열세 곳에서 동시에 실험이 벌어졌어. 그리고 그들이 실험했던 장소를 중심으로 일정 영역이 이면공간이 되어서 사라져 버렸지. 당연히 그 실험장 주변에 몰려 있던 사람들까지 모두 사라졌다고. 그 때문에 지금 지구에선……."

세현은 자세하게 지구의 상황을 설명하기 시작했다.

크라딧의 탄생과 그로 인한 몬스터들의 지구 침략을 이야기했다.

그리고 몬스터와의 전쟁과 근래에 발생한 크라딧과의 전면전, 또 크라딧의 돌연변이 현상까지 이야기했다.

"이런, 결국!"

"어떻게 하죠? 아니, 어떻게 된 거죠?"

세현의 이야기를 듣던 강현과 공아현이 크게 당황스러운 표정을 지으며 서로의 얼굴을 보았다.

"뭐야? 무슨 일인데?"

세현이 둘을 보며 물었다.

뭔가 있는 것이 분명했다.

"우리가 걱정한 것이 그거야. 그 실험이 테멜과 비슷한 공간을 만드는 것은 분명한데, 문제가 하나 있었지. 그 공간으로 빨려 들어간 모든 생명체가 에테르 기반 생명체로 바뀌는 거."

강현이 세현을 보며 말했다.

"돌연변이?"

"돌연변이가 아니야, 그건."

"그럼 결국 침습이란 거야? 에테르 기반 생명체에게 조금씩 몸을 빼앗기는?"

"누구에게 들었는지 모르지만 그게 맞아. 다만 몸을 빼앗기는 정도가 아니라 정신과 영혼까지 빼앗기게 되는 것이 문제야. 아니, 몸의 변화는 별로 많지 않은데 정신을 빼앗기는 경우도 있겠지. 굉장히 위험해."

"그럼 인간이면서 에테르 기반 생명체와 같은 사고를 하는 존재가 생긴다는 거잖아?"

세현은 인간들 사이에 섞여 살면서 에테르 기반 생명체의 가치관으로 생각하고 행동하는 존재를 상상하며 가볍게 몸을 떨었다.

생각만 해도 끔찍했다.

그것들이 무슨 짓을 할지 어떻게 알겠는가.

"결국 의심해 볼 수 있는 것은 몇 가지 되지 않습니다."

메콰스가 세현과 강현 부부를 번갈아 보면서 말했다.

지금 세현과 진강현, 공아현은 팀 미래로 전원과 함께 모여서 지구의 상황에 대해서 이야기하고 있는 중이다.

지구의 소식에 놀란 강현과 아현 때문에 어젯밤의 연회는 흐지부지될 수밖에 없었다.

강현 부부가 급하게 지구 출신들을 따로 불러서 할 이야기가 있다고 대우 부족의 원로들에게 청했기 때문이다.

강현 부부의 발언권은 대우 부족 내에서 거의 무소불위의 위력이 있었다.

부족의 최고 어른이 친구로 인정한 이들이니 누구도 그들 부부에게 반기를 들지 않았다.

물론 그들 부부가 하는 말이 부족에게 악영향을 줄 일이 없었기 때문에 그런 것이기도 했다.

어쨌건 그렇게 팀 미래로 대원들과 함께 연회에서 물러난 그들은 팀 미래로의 숙소에서 1차 회의를 하고 헤어졌다가 날이 밝은 후에 다시 모인 상황이었다.

메콰스는 상황을 다 들어본 후에 조심스럽게 의견을 내놓았다.

"몇 가지라면 어떤 거죠?"

세현이 물었다.

"두 분께서 자료 인멸(湮滅)에 실수를 하셨거나……."

"절대 그럴 일은 없습니다."

메콰스의 말을 강현이 딱 잘라 끊었다.

"네, 그럼 그게 아니라면 두 분이 그것들을 없앤 후에 다시 누군가 그것을 풀어놓았다는 겁니다. 제 생각에는 그게 제일 가능성이 높습니다."

"그럼 문제가 심각한데? 어쩌면 형과 형수가 그 자료들을 얻은 것도 계획된 것일 수도 있다는 거잖아."

세현이 인상을 찌푸리며 말했다.

"맞습니다. 제 생각이 맞는다면 누군가 의도적으로 지구에서 그 실험이 행해지도록 일을 꾸몄다는 생각이 듭니다."

메콰스는 분명히 그럴 거라는 듯이 확신에 찬 표정으로 말했다.

"으음, 그리고 보면 우리가 그걸 얻게 된 것이 좀 어이가 없기는 했지?"

강현이 아내인 공아현을 쳐다보며 말했다.

"그 내용의 무게에 비하면 그냥 우연히 얻었다는 쪽이 맞겠지. 겨우 초록색 등급의 이면공간 낡은 유적에 잠시 쉬러 들어갔다가 발견했으니까."

공아현도 당시의 상황이 의심스럽기는 하다는 듯이 강현의 말을 받았다.

"마치 보라는 듯이 놓여 있는 자료였지. 그것도 문자로 기록된 것이 아니라 정신 감응으로 내용을 알아낼 수 있는 형태로 누구든 접촉하고 에테르를 주입하면 내용을 알 수 있도록 되어 있었으니까 말이야."

"그건 정말 그냥 퍼 먹여주겠다는 거였네, 형?"

세현이 강현의 말을 들으며 묘한 표정을 지었다.

"덕분에 우린 그 내용을 자세히 알 수 있었고, 획기적인 연구라고 생각했던 거야."

강현이 세현을 보며 연구 내용을 파악할 수 있던 이유를 그렇게 설명했다.

"하지만 그걸 지구에 가지고 가서 증명을 위한 실험을 하는 중에 문제가 생겼어요."

공아현이 강현의 말을 이어받았다.

"그래, 솔직히 말하면 그게 정말 문제였지."

강현이 공아현의 곁으로 다가가 손을 잡아주며 말했다.

"무슨 일이 있던 거야?"

세현도 뭔가 분위기가 이상하다는 것을 깨닫고 심각한 표정을 지었다.

스윽, 슥!

그때, 공아현이 왼쪽 손에 끼고 있던 실크 재질처럼 보이는 장갑을 벗었다.

깔끔하고 길쭉한 매력적인 손이 드러났다.

"어때요?"

공아현이 손을 내밀며 세현에게 물었다.

"무슨 말씀인지 모르겠습니다만."

세현이 대답했다.

공아현은 살짝 웃으면서 소매를 걷어 올렸다.

"…어?"

세현은 공아현이 소매를 걷은 후에 뭔가 이상하다는 것을 느꼈다.

"구별이 안 되죠? 하지만 여기서부터 여기까지는 에테르 기반 생체 구조로 되어 있어요."

공아현이 왼쪽 손의 손목 위에서 팔꿈치까지의 중간 정도 위치를 가리키며 말했다.

"그 연구에 대해서 약간의 실험을 했다. 그런데 그중에 이 사람에게 문제가 생긴 거지. 에테르 기반 생명체의 생체 구조가 몸을 잠식하기 시작한 거다. 그래서 알았지. 그 실험이 얼마나 위험한 건지 말이야."

상현이 공아현의 어깨를 감싸 안으며 말했다.

"사실 지구에서 몸을 완전히 감춰야 한 이유도 저 때문이었어요. 이걸 해결할 방법을 찾아서 이면공간을 떠돌게 된 거죠. 투바투보에 간 것도 치료에 도움이 될 것을 얻기 위해서였어요. 공적 점수를 가지고 있어야 구할 수 있는 거였거든요."

"그럼 치료되었다는 겁니까?"

이춘길이 공아현을 보며 물었다.

"완치는 아니지만 진행은 완전히 멈춰 뒀어요. 앞으로 이 상태를 계속 유지하게 될 거예요."

"정확히 이야기하면 치료가 끝나면 침습된 부분만큼 사라지는데 그건 재생술로 회복이 안 될 거란 소리를 들어서 어쩔 수 없이 그냥 두기로 한 거지."

강현이 보충 설명을 했다.

"어쨌거나 실험 중에 문제를 발견하고 모든 자료를 폐기한 것은 분명하지. 그 뒤는 알고 있는 것처럼 이면공간을 떠돌고 있었고 말이야."

"그런데 형이 사라진 후에 그 자료들이 다시 세상에 나타났다는 거지. 그것도 서류 형태로 정리가 되어서 말이야."

세현은 아직도 이해가 되지 않는 부분이 그것이었다.

"누군가 그 자료들을 다시 뿌려뒀다고 봐야겠지요."

메콰스가 상황을 정리했다.

"어쩌면 고철한, 그가 개입했을 수도 있어요."

공아현이 뜻밖에도 천공 길드의 고철한을 지목했다.

"당신, 그건 아직 정확하게 밝혀진 것이 아니지 않아?"

강현이 깜짝 놀라며 공아현에게 말했다.

"어차피 지금은 그자, 크라딧이 되어 있어요. 우리가 사라진 그때부터 그가 그런 존재였다고 해도 문제될 것은 없잖아요?"

하지만 공아현은 할 말을 다 하겠다는 듯이 만류를 듣지 않았다.

"무슨 말씀입니까?"

세현이 공아현을 보며 물었다.

"우리가 실험을 할 때 고철한, 그도 가까이 있었어요. 이이는 실험에 노출되어서 침습을 받기 시작한 것이 저뿐이라고 생각했지만, 저는 그도 실험의 영향을 받았을 수 있다고 봤어요. 그것도 육체적인 쪽이 아니라 정신이나 영혼 쪽으로 침습당했을 가능성이 높다고 보는 거죠."

"결국 고철한, 그가 상황을 이끌었을 가능성이 있다는 말이군요? 그럼 그가 배후의 인물일까요?"

세현은 그렇게 물으면서도 그건 아니라는 생각을 하고 있었다.

"우리가 연구 자료를 얻은 것이 정말 우연이라고 하면 그 뒤로 벌인 일들은 모두 그놈이 주도한 것이겠지만, 우리가 이용을 당했다면 고철한을 움직인 놈이 따로 있겠지. 적어도 지구인은 아닌 어떤 놈이. 물론 고철한이 정말로 에테르 기반 생명체의 침습을 받았다는 전제하에서 하는 말이야."

강현은 과거 동료이던 천공 길드의 길드원들을 믿고 싶다는 뜻을 역력하게 내보이고 있었다.

"그나저나 문제네요. 그러니까 지금까지 크라딧의 이면공간이 발견되지 않은 이유가 그놈들이 있는 곳이 이면공간과는 조금 다른 곳이라서 그런 거였겠군요?"

지금까지 가만히 듣고 있던 주영휘가 새로운 문제를 거론했다.

"그 문제는 우리도 정확하게 알 수 없어요. 다만 그 연구 내용으로 봐서는 실제로 그것을 실행했을 때 만들어지는 것은 이면공간과 테멜의 중간 형태일 것으로 짐작돼요. 아마도 테멜이면서 이면공간과 연결되는 그런 형태가 아닐까 해요."

공아현이 주영휘의 의문에 대해서 답을 해줬다.

"그래서 그 새끼들이 숨은 곳을 못 찾았던 거야. 그나저나 생각해 보면 그놈들 중에서 많은 놈들이 에테르 기반 생명체의 꼬붕이 되었다는 거잖아?"

"그래도 전부는 아닌 것 같지 않아? 전에 대장님이 갔다 오면서 전투 중에 전향한 놈들도 제법 있다고 했는데?"

"야, 그게 정말 전향인지 그런 척만 한 건지 어떻게 아냐?"

"그런가?"

"야, 중요한 건 그게 아니지. 말을 들어보니까 지구 꼴이 아주 우습게 된 거라고. 뭔 놈이 지구를 실험장으로 써먹었다는 소리일 수도 있잖아."

"듣고 보니 그러네? 어떤 씨 발라먹을 개살구 같은 놈이야? 아주 그냥 잡아서 먹을……."

"시끄럽고, 어쨌거나 대장님, 다시 한 번 축하합니다. 형님과 형수님을 찾으셨으니 말입니다."

어느 정도 이야기가 정리되어 간다 싶었는지 곧바로 팀 미래로 특유의 유쾌한 잡담들이 시작되었다.

그리고 가족 상봉에 성공한 세현에게 축하의 인사가 날아들었다.

세현은 슬쩍 고개를 숙여 보였지만 실제론 머릿속이 복잡했다.

형을 만났으니 그동안 세현이 쫓던 목표가 사라진 것이나 다름없었다. 그 때문인지 약간은 맥이 빠진 듯했는데, 또 한편으로는 지구와 크라딧의 문제가 크게 다가왔다.

어쨌거나 그 시작이 형과 형수였다는 사실 때문에라도 그냥 모르는 척하기는 어려웠다.

"형, 형은 어떻게 했으면 좋겠어?"

세현이 강현에게 물었다.

지금까지와는 달리 이젠 형에게 물어볼 수 있다는 사실이 무척 마음 든든하다는 생각이 들었다.

"테멜 밖으로 나갈 수 있게 되었으니까 일단 지유에선으로 가서 그 다음은 선택을 해야겠지."

"선택?"

"모험, 아니면 전쟁."

세현은 모험이나 전쟁 중에 선택해야 한다는 형의 말을 대충 이해했다.

모험은 계속해서 이면공간을 탐험하며 지내는 것이고, 전쟁은 지구에 닥친 위기에 맞서는 것이리라.

"세상은 넓어. 대한민국이 전부였다가, 지구가 전부였다가, 이면공간과 수많은 이종족의 행성이 전부가 되었다가, 그조차도 극히 일부에 불과하다는 것을 깨닫게 되었지. 어떻게 생각하면 네가 중요하게 여기는 것이 정말 볼품없이 초라한 것일 수도 있다는 소리다."

"맞아, 형. 그렇겠지. 지유에선과 연결된 우주들만 하더라도, 아니, 지구가 포함되어 있는 쪽의 우주만 하더라고 그 안에서 지구는 정말 작은 하나일 뿐이니까."

"하하하, 그렇지."

"하지만 그래도 그렇기 때문에 더 중요할 수는 있는 거겠지?"

세현이 강현에게 물었고, 강현은 그런 세현을 보며 고개를 끄덕였다.

"가장 큰 것과 가장 작은 것. 하지만 사람마다 생각하는 가치는 전혀 다르지. 큰 것이 무가치하게 느껴질 수도 있고, 작은 것이 가장 큰 의미로 다가올 수도 있다. 판단은 자신이 하는 거지."

"그래, 형. 그 말이 맞아."

세현은 그렇게 대답하며 마음의 결정을 내렸다.

잠깐 머물러 볼까?

대우 부족의 테멜.

세현이 듣기로 그곳은 대륙 하나의 크기를 자랑하는 엄청난 규모라고 했다.

하지만 세현은 게이트를 넘어 테멜 안으로 들어와서 게이트 주변을 벗어나지 못한 상태로 며칠을 보냈다.

대우 부족의 늙은이들, 실제로는 부족을 이끄는 원로라는 이들의 회의가 연일 이어지고 있었기 때문이다.

세현은 그 회의의 주제가 무엇인지 알 수 없었다.

하지만 거기에 블스칸의 지위에 있는 어르신 대우가 참석하고 있으니 뭔가 중요한 문제를 의논하는가 싶을 뿐이었다.

"그래서 어때, 지구로 가는 건?"

강현이 세현과 탁자에 마주 앉은 상태로 주석 잔에 담긴 음료를 마시며 물었다.

며칠 함께하다 보니 이제는 그렇게 긴 시간 동안 헤어져 있던 것이 정말 그랬나 싶어서 실감이 나지 않았다.

마치 계속 함께 있던 듯이 익숙하게 서로를 대하는 형제였다.

"테멜이 뭐가 달라도 다른 모양이야. 여기선 나 혼자 이동하는 것도 간당간당해."

"그럼 지유에션으로 나가는 건?"

"그건 우리 일행 정도면 무리가 없을 것 같은데?"

"밖에서 이곳으로 들어오는 것도 가능할까?"

"해보지 않아서 모르겠는데? 여기 좌표는 설정이 되는데 밖에서도 이곳 좌표가 잡히느냐 하는 것은 또 다른 문제니까."

"일단 나가는 것은 어렵지 않다는 말이지?"

"응."

세현은 형에게 대우가 선물로 준 '팥쥐'와 에고를 지닌 에테르 코어인 콩쥐에 대해서 이야기했다.

물론 '팥쥐'가 마법진과 방어막을 만들고 주변을 탐색하는 능력이 있다는 것과 콩쥐를 이용해서 기억된 좌표로 공간 이동을 할 수 있다는 사실도 알렸다.

다른 사람은 몰라도 형에게 숨길 것은 없다고 생각했다. 거기다가 어차피 '팥쥐'와 콩쥐는 세현의 천공기 안에 들어 있는 존재들.

천공기를 강탈하는 방법은 지금까지 알려진 것이 없으니 세현은 그런 쪽으론 걱정하지 않았다.

"그럼 부족 회의가 끝나고 나면 나와 함께 이곳 블스 대륙 구경을 좀 하자."

"대륙 구경? 대우족이 사는 것을 보라는 거야?"

세현은 형이 무엇 때문에 이곳 대륙을 구경하라고 하는지 궁금했다.

"그것도 그렇지만 세현이 너, 수련을 좀 더 해야 할 것 같아서 하는 말이다."

"수련?"

세현은 형의 말에 조금 놀랐다.

그리고 쉽게 받아들여지지도 않았다.

사실 지금의 실력을 두고 생각하면 세현의 수준과 강현의 수준에 큰 차이는 없었다.

사실상 세현과 강현 둘 다 남색 등급의 몬스터 정도는 홀로 잡을 수 있는 실력을 지니고 있었다.

그리고 그 수준은 일반적인 능력자들의 정점에 있는 수준이다.

강기를 능숙하게 다루는 경지는 초인이 되지 못한 인간들이 갈 수 있는 산봉우리의 정상인 것이다.

"그래, 수련. 너도 알겠지? 지금 우리 수준. 우린 벽에 막혀 있는 상태다."

강현이 세현을 보며 둘의 상태가 어떠한지 이야기했다.

"그래, 그건 알아. 그래서?"

"그래서는 뭐가 그래서야! 내가 괜히 이 대륙을 관광하라고 하겠어? 여기 대우 부족은 다른 수많은 이종족 중에서도 유독 벽을 깨는 사람이 많은 종족이야. 당연히 벽을 깨는 방법을 물어볼 수 있는 사람도 많은 거지."

"그래서 대륙을 돌아다니면서 그런 사람들을 만나보라고? 차라리 대우 님께 물어보는 것이 좋지 않아?"

세현은 가장 가까이 있고 또 경지도 높을 것 같은 대우에게 물어보는 것이 쉽지 않을까 싶었다.

"그게 그렇게 쉬우면 내가 왜 이런 말을 하냐? 짜샤, 벽을 깨는 게 무슨 정권 지르기로 끝나는 문젠 줄 아냐? 전부 인연이 맞아야 하는 거다. 우리 마누라 봐라. 스치듯 지나는 인연으로 실마리를 잡았잖아."

"음? 형수님?"

세현은 형수인 공아현이 실마리를 잡았다는 말에 깜짝 놀라 되물었다.

"그래. 우리 마눌 님께선 벌써 벽을 허무셨지. 뭐, 어느 정도 는 에테르 기반 생체 구조의 침습에 도움을 받기는 했지만."

"도움을 받아? 그 위험한 현상에서?"

"그래. 그게 좀 웃겨. 우리가 다루는 것이 곧 에테르잖아. 에 테르는 우리 능력의 기초지."

"그야 그렇지."

"그러니까 그 에테르가 곧 신체인 에테르 기반 생체란 거, 그 걸 조금이라도 경험하게 되면 어떨 거 같냐?"

"으음, 잘 모르겠는데?"

세현은 상상이 되지 않아서 그렇게 대답할 수밖에 없었다.

"마누라 말로는 자기 자신이 에테르와 하나가 되는 듯한 느 낌이래. 그래서 에테르를 자유자재로 사용할 수 있다는 거지. 그리고 그게 곧 초인의 경지인 것 같다고 하고."

"그건 좀 이상한데? 에테르 기반 생명체, 그러니까 몬스터나 마 가스, 폴리몬은 그 자체로 에테르를 기반으로 한 생명체들이잖 아. 그러면 형수님 에테르 기반 생명체들은 모두 에테르를 이용 하는 것이 훨씬 쉬워야 하고, 초인 등급이 되어야 하는 거 아냐?"

세현은 그게 이해가 되지 않았다.

에테르 기반 생명체는 그들 자체가 곧 에테르나 마찬가진데,

그들이 사용하는 능력을 보면 그게 아니었다.

하급의 헌터나 천공기사나 다름없이 조악한 수준의 에테르 운용 능력을 지닌 몬스터도 많았다.

"네 형수 말로는 그러더라. 둘 다 에테르를 사용하지만 저쪽은 본능적으로, 혹은 선천적으로 사용 능력을 타고나고, 이쪽, 그러니까 인간들은 정신의 단련이 있어야 에테르를 사용하는 것이 가능하다고. 그리고 경지가 높아질수록 선천적이거나 본능적인 능력으로는 감당할 수 없는 에테르 운용 능력이 필요해지는데, 그건 역시 체계적인 수련을 통해서 정신적인 능력이 일정 수준 이상에 올라야만 가능한 거라고. 그래서 에테르 기반 생명체들이 모두 초인 등급이 되지 못하는 거라고."

"그런 건가? 이해가 될 듯도 하네. 그런데 형."

"뭐?"

강현이 갑자기 자신을 진지한 표정으로 부르는 동생을 보며 살짝 긴장하며 대답했다.

"그… 에테르 생체 구조의 침습이란 거, 조절이 안 되는 건가?"

"그게 무슨 소리야? 조절이라니?"

"그러니까 신체의 아주 일부만 에테르 생체 구조로 바꿀 수 있으면 형수님처럼 초인의 경지로 가는 실마리를 잡기 쉽지 않을까 하고 말이야."

"미친! 너, 그걸 말이라고 하냐?"

"뭘 그렇게 화를 내? 그냥 그럴 수 있으면 지구의 위기를 극복하는 데 도움이 되겠다 싶어서 하는 말인데."

"그래, 이해는 하는데, 너, 그런 생각 다신 하지 마라. 지금까지 마누라 그 병 고치느라 우리 부부가 등골이 휘었다. 더구나 그걸 다시 할 수 있을지 장담도 못한다. 그거 고치는 게 정말 어렵거든. 뭐 완치도 아니고 진행만 멈춘 상태긴 하다만."

"그게 그렇게 힘든 일이었어?"

세현은 고개를 절레절레 흔드는 형을 보며 진지하게 물었다.

"아현이 아니라 내가 그런 상황이었으면 차라리 내 목숨을 끊었을 거다. 아현이도 내가 너무 고생한다고 스스로 목숨을 끊고 싶어 했을 정도니까."

강현은 무슨 생각을 하는지 허공에 시선을 던지고 한동안 말이 없었다.

"미안해, 형. 내가 쓸데없는 소리를 했네."

세현은 그런 형을 보며 낮은 목소리로, 그러나 진심을 담아서 사과했다.

*   *   *

부족 전체 회의가 끝이 났다.

하지만 그 회의에서 어떤 일들이 논의되고 결정되었는지는 회의장 밖으로 알려지지 않았다.

다만 게이트가 열리면서 다시 지유에선과의 소통이 원활해진 것을 축하하고, 이후로 대우 부족이 지유에선과 어떤 관계를 만들어갈 것인가를 논의했을 거라고 일부 짐작할 뿐이었다.

다만 그런 문제는 의제의 일부였을 뿐이고, 진미선까지 포함되어서 회의에서 뭔가 큰 문제를 다뤘다는 소문이 세현의 호기심을 자극했다.

하지만 세현이 그것을 알아볼 방법은 없었다. 팀 미래로 대원들을 대우 부족의 사람들이 경계하지는 않았지만, 그렇다고 부족 회의의 내용을 가볍게 입에 올릴 이들도 없었다.

그렇다고 노골적으로 이리저리 물어보고 다닐 수 있는 상황도 아니니 그저 회의가 끝나기를 기다렸을 뿐이다.

"나는 다시 할 일이 있어 가봐야겠어. 우물우물. 함께 좀 더 있고 싶지만 바빠."

회의가 끝난 후 대우는 곁에 진미선을 데리고 세현 일행을 찾아와서 그렇게 인사를 했다.

"곧바로 나가시는 겁니까?"

"그렇지. 가는 김에 새로 파견자가 된 이들도 이끌고 가서 한동안 곁에 두고 가르쳐야 할 일도 있고, 우물, 그게 아니라도 다른 구역에서 벌어진 일 때문에 우물우물우물, 전체가 시끄러우니 조금 살펴봐야 하기도 하고. 꿀꺽."

대우는 그렇게 말하며 별로 달갑지 않다는 표정을 숨기지 않았다.

"진미선 님도 함께 가시는 겁니까?"

세현이 대우 곁에 서 있는 진미선을 보며 물었다.

"함께하면 배울 것이 많을 것 같아. 어차피 아직은 부지런히 움직일 때니까 블스칸 님 곁에서 많이 배워야지."

세현은 대우와 진미선이 하는 일이 지금의 자신으로선 감당할 수 없는 영역의 것이리라 짐작했다.

초인이란 그런 존재들임을 몇 번의 경험을 통해서 확실하게 알게 된 그였다.

"우물, 그래서 세현, 너는 어쩔 거냐?"

대우가 물었다.

"형이 이곳 대륙을 좀 돌아보는 것도 좋을 거라고 해서 일단은 한동안 머물러 볼까 합니다."

세현이 그렇게 대답하자 대우는 살짝 고개를 모로 기울이더니 다시 물었다.

"고향에 문제가 많다면서? 그런데 가보지 않아도 되나?"

지구에 대한 이야기였다.

크라딧에 얽힌 이야기는 대우와 진미선에게도 관심을 대상이었던 모양이다.

"지금 제가 간다고 무슨 도움이 되겠습니까? 형이나 형수와 함께 간다고 해도 크게 달라질 것은 없을 것 같습니다. 그냥 그동안 밝혀진 내용만 전해 주고 알아서들 하라고 해야지요. 제가 해줄 수 있는 것이 그 외에 뭐가 있겠습니까."

"그렇게 생각한다면 나도 뭐라 할 말은 없다만……."

대우는 세현이 자신의 생각과는 다른 선택을 했다는 것이 의아하단 표정을 숨기지 않았지만, 그렇다고 세현의 선택을 바꾸려는 시도는 하지 않았다.

"세현이 이곳에서 뭔가 얻어 갈 수 있다면 그것도 이후 지구의 변화에 좋은 영향을 끼칠 겁니다. 그의 말대로 그가 지금 지구에 간다고 그가 할 수 있는 일은 많지 않을 테니까요. 그리고 아직 그가 지구에 꼭 필요한 상황은 아니고요."

진미선이 대우를 보며 설득하듯이 말하자 대우도 곧 세현에게서 시선을 돌렸다.

"알아서 하겠지. 그럼 나는 이만 가보마."

대우는 그렇게 짧게 작별을 고하고 게이트가 있는 건물 쪽으로 향했다.

"다시 볼 기회가 있겠지. 그때까지 잘 지내. 그리고 그거… 잘하고."

진미선이 마지막으로 세현의 천공기가 있는 왼쪽 손목에 시선을 두며 그렇게 말하고는 대우를 따라서 급히 발걸음을 옮겼다.

'뭘 잘하라는 거야?'

세현은 속으로 그렇게 생각하며 자신의 천공기를 바라봤다.

왼 손목에 숨어 있는 천공기.

의도적으로 드러내지 않으면 그것이 있는지도 모르는 천공기였다.

그리고 거기에 '팥쥐'와 콩쥐가 있었다.

[음음. 나, 있어. 여기.]

[…….]

[음. 콩쥐, 오랜만이니까 인사 정도는 해도 괜찮아. 음음.]

[……!]

'팥쥐'의 허락에 콩쥐의 반가워하는 의지가 세현에게 전해졌다.

'그래, 반갑다, 콩쥐. 그동안 수고했고. 또 앞으로도 잘 부탁한다.'

[……!!]

세현의 인사에 콩쥐의 기분이 들뜨는 것이 느껴져서 세현도 미소를 지었다.

[음. 잘해! 안 그럼 혼나! 음음.]

'팥쥐'도 오랜만에 관대하게 콩쥐를 대하고 있었다.

'한동안 여기 테멜 안에 머물 거야. 괜찮겠어?'

세현이 '팥쥐'에게 물었다.

[음. 좋아. 나, 공부해. 테멜 코어 재미있어. 음음. 전에 테멜 코어는 별로였는데, 여기 테멜 코어 멋져. 엄청나! 음음음.]

그런데 뜻밖에도 '팥쥐'는 이곳의 테멜 코어에 대해서 이야기했다.

'여기 대우 부족의 테멜, 그 코어를 말하는 거야?'

[음음! 나는 놀랐어. 아주 엄청나. 많이 배워. 이야기도 많이

해. 음음음.]

'여기 테멜 코어와 이야기를 해?!'

세현은 이게 무슨 소린가 싶어서 깜짝 놀라고 말았다.

귀로행에서

'이곳 테멜의 코어와 대화를 한다는 거지? 그래서 무슨 이야기를 하는데?'

세현이 '팥쥐'에게 물었다.

[음음. 많은 거. 나, 공부하고 있어. 모르는 거 있으면 배워.]

'어휴, 그러니까 뭘 배우는지 궁금하다는 거잖아.'

[음. 언니는 테멜을 만들고 관리하는 일을 해. 음, 부탁도 들어주고 그런대. 여기 사는 타모얀들이 부탁하면 들어주는 거야. 음음. 그렇지만 나는 테멜 만드는 거 못해. 하지만 그래도 배울 거 있어. 조금씩 도움이 되는 거야. 어기저기에서 조금씩 언니가 아는 것을 배워.]

'그럼 나도 소개를 좀 시켜줄 수 있냐?'

세현은 어쩌면 이곳 테멜의 코어와 안면을 틀 수도 있겠다 싶은 생각에 물었다.

[음. 소개했어. 하지만 관심 없어. 언니는 이야기가 통하지 않으면 무시해. 음음. 그래서 세현은 안 되는 거. 음음, 나하고 콩쥐만 되는 거야. 음음음!!]

'그러냐? 그래서 그렇게 배우면 뭐가 좋아지는데?'

세현은 코어와 인연을 만드는 것은 깔끔하게 포기했다.

그것은 지금 '팥쥐'와 이야기를 나누는 방식과는 또 다른 형태의 소통일 것이다.

그러니 '팥쥐'가 테멜의 코어가 세현에게 관심을 두지 않을 거라고 딱 잘라 말한 것일 테고.

[나, 음음음! 나도 엄청나게 되는 거야! 어마무시해지는 거야!]

'뭔가 새로운 것을 할 수 있게 되는 거냐? 그 어마무시는 뭐야?'

[음, 새로 하는 건 몰라. 하지만 하던 건 훨씬 더 훨씬 돼.]

'할 수 있던 것을 이전보다 더 잘, 혹은 크게 할 수 있다는 말이구나?'

[음음음! 맞아. 음!]

'그래, 그럼 열심히 배워. 언니한테. 그런데 왜 언니야? 오빠나 아저씨, 아줌마도 있잖아. 할아버지 할머니나.'

[음? 음음? 음! 그냥 내가 콩쥐 언니니까. 음음! 테멜 언니도 언니야!]

'그래그래, 그게 뭐가 중요하겠냐. 수고해라. 많이 배우고.'

[음! 콩쥐도 옆에서 배워! 음, 게으름 피우면 혼나! 음음.]

*   *   *

"여유롭군요."

"허허허, 그렇게 느껴지십니까?"

"모두들 그렇게 보입니다. 서두르지 않고 유유자적한 듯이 느껴집니다."

"허허허."

세현의 말에 원로노인은 그저 너털웃음을 지으며 타고 있는 소의 뿔을 쓰다듬었다.

세현은 팀 미래로를 이끌고 형과 형수를 따라서 이동하고 있었다.

그리고 그 귀로에 형네 부부가 사는 마을에서 온 원로 일행이 동행하게 된 것은 자연스러운 일이었다.

그런데 동행하는 대우 부족 중에서 원로노인이 어쩐 일인지 세현에게 관심을 보였다.

덕분에 세현의 곁에는 대부분 원로노인이 붙어 있었다.

그리고 그런 원로 덕분에 세현도 탈것에 올라 있는 상태였다. 타모얀 대우 부족의 탈것은 몇 가지 종류의 가축들이었는데 그 중에는 묘하게도 소를 닮은 것도 있었다.

대우 부족이 버팔로에 가깝다면 그 탈것은 한우에 가까웠다.

원로가 그것을 타고 다니니 세현에게도 함께 타고 가자고 권해서 둘이 나란히 그것을 타고 움직이게 된 것이다.

"뭐가 되었건 고립되어 있으면 정체된다는 것을 아십니까?"

타고 있던 소의 뿔을 쓰다듬던 원로가 갑작스럽게 세현에게 물었다. 그는 간혹 그렇게 세현에게 말을 걸어서 대화를 나누기를 즐겼다.

"당연한 일이 아닙니까? 수가 적고 교류가 없다면 당연히 시간이 지날수록 변화가 줄어들게 되겠지요."

세현은 머릿속에 떠오르는 대로 대답했다.

"그렇지요. 그게 당연하지요. 그래서 이곳 테멜도 게이트가 막혔을 때는 답답하게 느낀 겁니다."

"그렇게 보면 그도 그렇군요. 비록 거대한 대륙이라고 하지만 이곳에 게이트가 없으면 이 대륙 자체도 고립되어 정체될 수가 있겠군요."

세현은 생각보다 규모가 크긴 하지만 정석적으로 생각을 해 보면 대륙도 고립되면 언젠가는 정체될 수 있겠다는 생각을 했다.

"그렇지요. 물론 일정 규모 이상이라면 그 정체란 것이 어느 정도는 극복할 수 있습니다. 거기다가 그 속에 살고 있는 이들이 얼마나 진취적이며 창의적이며 부지런한가에 따라서 또 다른 결과를 만들어낼 수도 있지요. 하지만 그래도 결국은 더 크고 넓은 세상에서 작은 한 부분이라도 고립되면 그곳이 정체될 확률이 광장히 높아지지요. 아니, 결국 언젠가는 정체될 것이 분명합니다."

"원로께서는 그럼 지금 이 테멜의 블스 대륙이 고립되어 정체될 것을 걱정하시는 겁니까?"

세현은 이 노인이 왜 이런 이야기를 꺼내는가 싶어서 조심스럽게 물었다.

"허허허, 아닙니다. 저는 우리 부족을 굳게 믿고 있습니다. 거기다가 이번에 게이트도 다시 열렸으니 고립은 생각할 이유도 없지요."

"그런데 왜……?"

세현이 '나에게 그런 이야기를 왜 하느냐?'는 뒷말을 줄였지만 원로는 세현의 말뜻을 알아들은 모양이다.

"그런데 말입니다. 세현 님이 들으시기에 내가 이 테멜 안의 블스 대륙이 정체될 것을 염려한다고 하면 어떻게 생각되십니까?"

"가능성은 있는 일이니 저도 함께 걱정하지 않겠습니까?"

세현은 원로의 말에 그렇게 대꾸했다.

"허허허, 그렇습니까? 하지만 이곳 대륙은 보기보다 크고 우리 데아 부족의 능력도 출중합니다. 그러니 어쩌면 고립된 상태에서 훨씬 더 나은 방향으로 발전할 수도 있는 것이 아니겠습니까?"

원로노인은 이번에는 앞서 한 이야기와는 전혀 상반된 말을 늘어놓았다.

"그에 대해서 원로께서는 시간이 지나면 어떻게든 더 넓은 세상의 발전이 앞서가게 되고, 좁은 지역에 고립된 세상은 뒤처질 거라 하지 않으셨습니까."

세현은 앞서 노인이 한 이야기를 정리하며 반박했다.

결국 고립이 정체를 불러온다는 말을 한 것은 원로노인이었으니 노인도 아니란 말을 못 하리라 생각했다.

"그렇지요. 그렇게 이야기를 했지요. 그리고 이번에 게이트가 열렸으니 앞으로도 고립을 걱정할 필요는 없다고 했고 말입니다."

"네, 그렇게 말씀하셨지요."

세현은 대답을 하면서도 이 노인이 말하고 싶은 것이 무엇일까 감을 잡지 못하고 있었다.

'하긴 언제 무슨 결론이 나는 이야기만 한 것도 아니지.'

세현은 노인과의 이야기가 때때로 결론 없이 끝난 적이 많았음을 떠올리며 이번에도 그런 것인가 하고 생각했다.

"그런데 재미있는 것은 이곳 블스 대륙이 한동안 고립되어 있는 동안이 다른 때보다 훨씬 더 많은 변화와 발전이 있었더란 겁니다. 재미있지 않습니까?"

"네? 그게 무슨……?"

"허허허, 그렇더란 말입니다. 고립되어 있다는 위기감이 우리 부족 전체를 긴장하게 만들었지요. 그래서 짧은 시간에 많은 것이 변했고 말입니다. 수련의 효과도 몇 배는 더 올랐던 것 같습니다. 허허허. 그래서 경지에 발을 디딘 경우도 훌쩍 늘었지요."

"으음……."

세현은 원로노인의 말에 뭔가 뇌리를 간질이는 것이 있었다.

하지만 멈춘 재채기처럼 도무지 꼬투리를 잡지 못하고 간질거리기만 했다.

원로노인은 그런 세현의 모습을 확인하고는 자신이 타고 있는 소의 옆구리를 툭툭 쳐서 먼저 앞서 나갔다.

행렬의 제일 뒤에 있던 두 사람 중에 노인이 앞서 가고 나자 홀로 남은 세현은 느릿느릿 제 걸음을 옮기는 소와 함께 이동했다.

"그게 쉬우면 세상에 초인이 널렸겠지……."

앞서서 공아현과 함께 걸음을 옮기던 강현이 뒤쪽으로 처지기 시작한 세현의 모습을 잠시 눈에 담으며 중얼거렸다.

"그거 악담이에요? 왜 그래요? 동생이 잘되면 좋은 거지."

공아현이 그런 강현의 팔짱을 끼며 말했다.

"누가 안 되라고 하는 소리야? 나도 저 녀석이 잘되길 바라고 있어. 하지만 저 녀석, 아직은 더 밟혀야 돼. 그래서 단단하게 다져진 다음 그걸 발판으로 밟고 올라야지. 어쩌다 잠깐 생긴 얼음 계단을 밟고 올랐다가 그 계단이 녹아 없어지면 그 후엔 정말 곤란하다고."

"하여간 당신은 참 못 말려요. 그리고 당신도 당신 걱정을 좀 해요. 어째 도련님은 벌써 저렇게 쫓아오는데 당신은 제자리걸음만 하고 있어요?"

"하하하, 나야 처음부터 당신만 쫓아다닌 건데, 뭐. 하하핫!"

강현이 조금은 과장스럽게 웃음소리를 냈다.

진강현 그가 최초의 천공기사인 것도 사실이고, 다른 이들에 비해서 월등한 실력을 지니고 있던 것도 사실이다.

하지만 정작 이면공간에서 진강현을 빠르게 추월해서 앞서 간 존재가 있었다는 사실을 사람들은 몰랐다.

진강현과 짝이 되어서 이면공간을 드나들던 공아현 간호장교.

그녀는 처음 몇 번의 이면공간 진입을 겪은 후부터 급격하게 에테르를 흡수하면서 실력이 늘어났다.

그리고 결국은 강현의 실력을 앞질러서 진강현을 이끄는 수준까지 되었다. 그나마 공아현이 그런 사실을 알리는 것을 격렬하게 반대했기에 이면공간에서의 성과는 모두 진강현의 것으로 기록되었던 것이다.

"알긴 아네요. 하지만 언제까지 그럴 수는 없잖아요. 자칫하면 당신……"

공아현이 걱정스러운 표정으로 진강현을 보며 말꼬리를 흐렸다.

"음, 걱정하지 마. 난 언제나 당신 곁에 있을 거고, 또 당신에게 짐이 되지는 않을 거야. 알잖아. 내가 또 기본은 한다니까? 언제 어디서나."

진강현이 가슴을 탕탕 치면서 공아현을 보며 호언장담을 했다. 그리고 공아현은 그런 진강현의 모습에 왠지 안심하는 기색을 보였다.

"걱정은 무슨, 난 언제나 당신을 믿어요. 당신이 지금까지 나를 위해서 얼마나 많은 고생을 했는데 당신을 안 믿겠어요? 지금의 난 당신 덕분에 있는 건데."

공아현은 그렇게 말하며 슬쩍 진강현에게 몸을 기댔다.

실험의 부작용으로 왼쪽 손가락이 에테르 기반 생체 구조로 바뀌기 시작할 때부터 진강현의 고생은 시작되었다.

나중에 공아현이 그 침습을 막느라고 천공기사의 능력을 거의 쓰지 못하는 상황이 되었을 때는 진강현이 그녀의 몫까지 해야 했다.

혼자서 두 사람 몫을 하면서 숱한 역경을 헤치고 나온 진강현이고, 그것을 곁에서 지켜보면서 차라리 자살을 하고 싶던 공아현이다.

결국 어떻게든 공아현의 상태를 호전시키고 병의 진행을 멈추는 성과를 내었으니 그나마 고생한 보람이 있는 일이었다.

"그런데 저놈……."

"왜요?"

"저거, 지금까지 혼자라고 했잖아. 애인도 없고 결혼도 안 했고, 들어보니 사귄 경험도 없고."

"그러네요. 도련님, 문제가 있네요."

"그렇지?"

강현이 아현을 보며 확인하듯 물었다.

그리고 그 순간 세현은 뭔가 소름이 돋는 느낌을 받았다.

'기분이 이상한데?'

[음, 음음? 위험하지 않아. 괜찮은데? 뭔가 숨어 있어?]

세현이 갑작스럽게 서늘한 느낌을 받으며 주변을 살피자 '팥쥐'가 곧바로 대응했다.

하지만 '팥쥐'의 미니맵에는 아무것도 나타나는 것이 없었다.

'몬스터들 때문은 아닌 것 같아. 그냥 뭔가 기분이 좋지 않아.'

[음? 이상해? 뭐가?]

'그게 나도 모르겠네. 꽤나 불쾌한 느낌인데 말이지.'

세현은 그것이 행렬의 앞부분에서 걷고 있는 형과 형수의 대화 때문이라곤 전혀 생각하지 못했다.

형이 마법사가 된 동생을 불쌍하게 여기고 있으리라곤 세현도 전혀 짐작하지 못한 것이다.

"내가 마법사가 되도록 권하기는 했지만 그 마법사하고 이쪽 마법사는 다른데 말이지."

"지금 그걸 농담이라고 해요?"

"왜? 저 나이까지 동정이면 그건 정말 고위급 마법사라고!"

"이이가 정말!"

"아아아, 아니, 내가 뭐라고 했다고? 그나저나 타모얀의 아가씨라도 소개시켜 줘야 하나?"

"타모얀 아가씨를요?"

"왜? 예쁜 아가씨 많잖아."

"하긴 그렇긴 하죠. 타모얀 아가씨도 괜찮을지 모르겠네요. 하지만 대우 부족은 좀……."

"큼, 뭐, 녀석 취향을 알아보고 생각해 보자고."

Chapter 3

블스 대륙의 초인들

세현은 보름 가까이 블스 대륙 곳곳을 돌아다녔다.

대륙은 넓었고 생태의 균형도 제대로 맞춰져 있었다.

거기에 블스 대륙 곳곳에는 에네르 기만 생명체들 역시 니름의 영역을 가지고 터를 잡고 살고 있었다.

세현은 그 몬스터들의 세력이 매우 강하다는 사실에 무척 놀랐는데, 동행한 원로노인의 말에 의하면 몬스터들을 완전히 박멸하는 것은 거의 불가능하다고 했다.

블스 대륙에 있는 모든 대우 부족이 나선다고 해도 몬스터를 모두 없애는 것이 불가능한 일일 정도로 몬스터가 많고 강하다는 것이다.

원래 테멜의 몬스터는 점차 성장하고 발전하는데, 어떤 경우에는 초인 등급의 몬스터가 등장하기도 한다고 했다.

거기다가 어느 정도 성장한 몬스터는 테멜식의 진화를 하는데, 테멜의 몬스터는 비슷한 수준의 몬스터를 잡아먹고 흡수하며 성장하는 특성을 지닌다고 했다.

"그런 경우엔 어떻게 합니까? 굉장히 위험할 것 같은데요."

세현은 마가스나 폴리몬도 아닌 일반 몬스터가 초인 등급과 비슷한 능력을 지녔을 때 어떤 재앙이 일어날지 생각만 해도 끔찍했다.

몬스터는 에테르 기반 생명체 중에서 가장 저능한 사고 능력을 지녔지만, 그만큼 본능에 제일 충실한 놈들이었다.

그리고 몬스터의 본능 중에서 가장 강한 것은 살아 있는 생명에 대한 적의(敵意)이다.

그런 놈이 초인 수준이라면 인간들에겐 엄청난 재앙이 될 터였다.

"허허, 그런 경우엔 어쩔 수 없이 뒷짐 지고 있던 분들이 나서서 해결한답니다. 아무리 세상사에 관여하지 않으려 해도 그런 경우엔 격에 맞는 분들이 아니면 해결이 되지 않으니 어쩔 수 없지요."

"전부터 이상한 것이 있는데, 초인의 경지에 오른 분들이 적지 않은 모양인데, 그분들은 어째서 적극적으로 나서지 않으시는 겁니까?"

세현은 몇 번 본 초인들의 힘을 떠올리며 물었다.

그들이 나서면 에테르 기반 생명체의 창궐을 막을 수 있지 않을까 싶었다.

"그분들이 나서면 또 저쪽에서도 비슷한 이들이 나서지 않겠습니까?"

"정말 에테르 기반 생명체 쪽에 인간만큼의 초인들이 있는 겁니까?"

"그 역시 모를 일이지요. 하지만 지금까지 이쪽에서 나서면 반드시 저쪽에서도 그만한 전력이 온 것으로 알고 있습니다. 물론 싸움의 결과도 때론 승리, 때론 패배였지요. 그렇게 나온 결과들을 두고 서로의 전력이 비슷하다고 이야기하는 것이 아니겠습니까."

"하아, 그렇겠지요. 하지만 될 수 있으면 저는 에테르 기반 생명체를 완전히 몰아내고 싶습니다."

세현은 정말로 그렇게 할 수 있었으면 좋겠다고 생각했다.

"그럼 그것들을 몰아내고 에테르를 포기할 생각도 있으십니까?"

그런 세현에게 원로노인이 뜻밖의 질문을 했다.

에테르 기반 생명체와 에테르.

"허허허, 답이 쉽지 않지요? 이미 에테르를 접한 사람들은 쉽게 에테르를 포기하지 못합니다. 차라리 몬스터에게 시달리더라도 에테르는 있어야 한다고 여기지요."

"하긴 몇몇 이종족 행성의 이야기를 들어보면 몬스터를 거의 몰아낸 상황에서도 완전히 절멸시키지 않는다는 이야기를 하더군요. 몬스터들이 주는 부산물이 꽤나 유용하다고 말입니다."

"에테르 대신에 사용할 수 있는 대체물을 찾지 못하는 이상은 어쩔 수 없이 에테르를 계속 사용해야 하고, 그러자면 에테르 기반 생명체의 발호(跋扈)를 감수해야만 하는 거지요."

"그렇군요. 어쩔 수 없는 거란 말이지요."

세현은 다시 한 번 편치 않은 상황을 확인한 것으로 만족해야 했다.

정답은 없었다.

*　　　　*　　　　*

진강현 부부가 머물고 있는 마을로 돌아가는 길에 세현은 가끔씩 원로노인의 인도에 따라서 낯선 사람들을 만나곤 했다.

어떤 이는 홀로 숲에서 오두막을 짓고 살고, 어떤 이는 대우 부족 마을에서 농사를 지으며 살았다. 또 어떤 이는 사냥을 하고, 대장장이 일을 하고, 주점이나 잡화점을 하는 이도 있었다.

하지만 세현은 그들과 몇 번 만나는 사이에 그들이 초인의 경지에 발을 디딘 이들이란 사실을 알게 되었다.

원로노인은 세현과 그들과의 만남을 의도적으로 주선하고 있던 것이다.

세현도 그렇게 만나는 이들과 이런저런 대화를 나누며 여유로운 시간을 보냈다.

그리고 원로노인의 의도가 세현의 벽을 허물 계기를 만들어주고자 하는 것임을 짐작했다.

그래서 어째서 그런 호의를 베풀어주는 것인지 물었지만 원로노인은 블스칸의 부탁이었다는 말로 더 이상의 질문을 막았다.

세현이 대우라고 알고 있는 타모얀, 그가 원로노인에게 그런 부탁을 해 뒀다는 건데, 그 이상은 원로노인에게 물어봐야 나올 것이 없었다.

"이제 거의 왔습니다. 하루만 더 가면 우리가 살고 있는 마을이 있습니다. 그리고 오늘은 특별한 분을 만나시게 될 겁니다."

원로노인이 숲에 숙영지를 만든 후 저녁 식사를 마치고 주변 정리를 하고 있는데 세현의 곁으로 다가왔다.

"특별한 분이라니요?"

"허허허, 따라오시면 알게 됩니다."

원로노인은 그렇게 말하고는 세현을 이끌었다.

세현이 노인을 따라서 숲으로 들어가는 모습을 진강현과 공아현이 지켜보고 있었다.

"잘되면 좋겠는데."

공아현이 뭔가 기대하는 눈빛으로 말했다.

"그러게."

그것은 곁에 서 있는 진강현도 다르지 않았다.

*　　　　*　　　　*

"여기는?"

세현은 숲을 한참을 걸은 후에 다시 오르막길을 걸어 도착한 산속에서 잘 다듬어진 동굴 하나를 만났다.

원로노인이 세현을 데리고 온 목적지가 바로 그곳이었던 것이다.

"그 녀석은 들여보내고 너는 가봐!"

그때, 동굴 안에서 여자의 목소리가 들려왔다.

원로노인은 동굴을 향해서 허리를 숙여 인사를 하며 물러났다.

"그럼 부탁드리겠습니다, 아이아어니 님."

세현은 원로노인이 물러나는 것을 지켜보았다.

"거기서 뭐 해? 들어와!"

그러자 동굴 안에서 세현을 부르는 소리가 들렸다.

세현은 살짝 심호흡을 하고 동굴 안으로 걸음을 옮겼다.

동굴은 잘 다듬어져 있어서 바닥과 벽은 직각으로 만나고, 벽과 천장은 곡선으로 이어져 있었다. 그런데 몇 걸음 들어가자 통로가 좌우로 나뉘어져서 세현의 걸음을 멈추게 만들었다.

"아무 곳으로나 와. 어차피 이곳으로 통하게 되어 있으니까."

세현의 걸음이 멈추자 다시 아이아어니라는 여자의 목소리가 들렸다.

세현은 망설이지 않고 오른쪽 통로를 따라 걸었다. 원을 그리듯이 휘어진 복도를 따라가다 보니 안으로 들어가는 입구가 문도 없이 나타났다.

세현이 입구를 통해 안쪽을 볼 수 있게 되었을 때, 그곳에는 넓은 공동에 여러 세간이 놓여 있었다.

"어서 와. 그렇게 서 있지 말고 여기 와서 앉아."

여자는 연녹색의 머리카락에 그와 같은 색의 원피스를 입고 있었다.

겉모습은 매우 젊어 보였지만, 세현은 나이를 먹어도 외모가 늙지 않은 이들은 세상 어디에나 차고 넘친다는 것을 알고 있었다.

때문에 세현은 자연스럽게 아이아어니의 눈에 시선을 맞췄다.

세현도 그간의 경험으로 눈빛에 담긴 연륜을 어느 정도는 읽을 수 있었다.

세현은 아이아어니가 가리키는 소파에 앉았다.

그녀와 마주 보는 위치였다.

"반가워. 들었겠지만 아이아어니야."

"네, 진세현입니다."

"그 늙은이가 신경을 써달라고 해서 어떤 놈인가 하고 기대하고 있었는데 막상 보니까 잘 모르겠네. 너, 뭐하는 놈이야?"

아이아어니는 세현을 품평하듯 위아래로 훑어보며 물었다.

"특별히 하는 것은 없습니다. 내세울 것도 없고, 그저 이리저리 방황하고 있는 중입니다."

세현은 아이아어니의 질문에 두루뭉술하게 답했다.

대부분 이런 질문들은 지금 세현의 상태를 물어보는 것이다. 그러니 세현이 느끼고 있는 바를 표현하는 것이 답이라 여기고 두루뭉술하게 대답한 것이다.

그동안 몇몇 초인들을 만나서 대화를 하다 보니 터득하게 된 처세술이었다.

"그래, 방황. 그거 좋은 거지. 그래도 가고 싶은 곳은 있지?"

"물론입니다."

당연히 세현도 초인의 길에 오르고 싶은 욕심이 있었다.

세현이 말한 방황이란 것도 그 길을 찾아 떠돌고 있다는 의미였다.

"그거 알아? 사람은 때로 긴장감이 필요해."

아이아어니가 세현을 보며 말했다.

"네?"

"너는 무척 쉽게 거기까지 간 것 같아. 지금까지 어려운 것이 없었지?"

세현은 아이아어니의 물음에 뭐라 대답해야 할지 갈피를 잡지 못했다.

자신의 삶이 그렇게 순탄했던가를 생각하면 절대 아니라고 하고 싶은데, 막상 지나온 시간들을 돌아보면 수련에서만은 큰 위기가 없던 것 같기도 했다.

"아니라고 할지 모르지만 내가 보기엔 그래. 그러니까 너 같은 아이들에겐 극약 처방이 필요하지."

세현은 아이아어니의 말을 듣는 순간 위기감을 느꼈다.

하지만 세현이 몸을 움찔하기도 전에 뭔가가 세현을 구속했다.

"내가 숙제를 하나 줄 테니까 그걸 해결해. 그럼 길이 보일 거야. 대신에 숙제를 하지 못하면 너는 본래의 너를 회복하지 못할 거야."

"으음. 이게 무슨……."

세현은 자신이 지금까지 만든 네 개의 에테르 서클이 사라지는 것을 느꼈다.

보통 에테르 서클도 아니고 강철의 에테르 서클이었다.

무슨 일이 있어도 부서지지 않을 것이라 생각한 그것이 흔적도 없이 사라졌다.

"너무 실망하지 마, 그래도 하나는 남겨졌으니까."

깜짝 놀라서 몸을 살피는 세현에게 아이아어니가 그렇게 말을 했고, 세현은 차분하게 집중한 뒤에야 겨우 흔적처럼 남아 있는 에테르 서클 하나를 찾아냈다.

세현은 아이아어니를 노려봤다.

"제가 원한 바가 아닙니다. 이렇게 하시는 이유가 뭡니까?"

세현은 진심으로 화가 났다.

그가 초인이 될 수 있는 길을 찾고 있는 것은 사실이지만, 그렇다고 이렇게 강제적으로 어떤 일을 겪는 것은 원하지 않았다.

"이야기했잖아. 블스칸, 그 사람이 부탁한 거라고."

"그분께서 저를 이리하라고 하셨단 말입니까?"

"정확하게는 아니지. 그냥 나한테 한번 봐달라고 했을 뿐이야. 하지만 그건 내가 이런 행동을 할 거란 것도 예상하고 말했을 거야. 그 사람이라면 그 정도 분별력은 있거든."

"이거, 어떻게 풀 수 있습니까?"

세현은 눈앞에 있는 여자에게 아무리 이야기해 봐야 달라질 것이 없다는 것을 깨달았다.

그래서 어떻게든 해결책을 찾고자 질문을 던졌다.

"이야기했잖아. 숙제야. 그리고 그 답은 지금까지 만난 사람들과의 대화에 있을 거야. 아마도."

세현은 '아마도'라고 하는 아이아어니의 말이 신경 쓰였지만 그렇다고 따질 상황도 아니었다.

조금씩 아이아어니의 몸에서 피어오르는 기세를 견디기가 어려워지고 있는 탓이었다.

이전까지는 그래도 세현이 지닌 능력이 있어서 아무렇지도 않던 기운이다.

아이아어니도 사실 기운을 갈무리하고 있는 상태라서 겉으로 드러난 기세는 그리 강하지 않았다.

하지만 그것도 어느 정도 수준이 될 때의 이야기지, 지금처럼 에테르가 거의 모두 사라진 상황에서는 아이아어니가 그저 흘려내는 기운도 견디기가 어려웠다.

"어머나, 식은땀을 다 흘리네? 그래, 견디기 어려운 모양이니 이만 가봐. 그리고 다시 찾아온다고 그거 풀어줄 생각은 전혀 없어. 그러니까 알아서 숙제를 풀어. 고맙게도 숙제 검사는 없다."

아이아어니는 그렇게 세현을 동굴에서 내쫓았다.

세현은 숙영지까지 힘들게 돌아왔고, 돌아온 세현을 맞이한 팀 미래로와 강현 부부는 세현의 상태를 알아차리고 크게 놀랐다.

하지만 막상 아이아어니에게 항의하거나 따지기 위해 움직이는 사람은 하나도 없었다.

그래봐야 얻을 것이 없다는 것을 알고 있는 세현이 적극적으로 말렸기 때문이다.

"어쩌다가 이렇게 된 건지……. 이거 에테르를 다시 쌓는 것은 물론이고 에테르 서클의 호흡법도 처음부터 다시 해야 하는 거잖아. 어휴!"

세현은 괜히 원로노인을 따라나선 것이 아닌지 후회했다.

하지만 그러면서도 한편으로는 아이아어니가 내준 숙제를 마칠 수 있다면 초인으로 가는 길을 열 수 있으리란 기대에 가슴이 뛰는 것을 느끼기도 했다.

'어쩌겠어. 이게 다 내 운명이라고 생각해야지.'

아이아어니의 숙제

진강현과 공아현이 머물고 있는 마을은 겉보기에는 참으로 고즈넉한 시골 마음이었다.

배산임수(背山臨水)라는 말이 생각나는 마을에서는 주민들이 주로 농사를 짓거나 가축을 키웠고, 때로 뒷산에 올라 몬스터 사냥을 했다.

처음 세현이 마을에 도착했을 때는 밤이 늦은 시간이어서 제대로 마을 분위기를 알 수 없었다.

하지만 다음날 아침, 뜨는 해에 기지개를 펴는 마을을 보면서 세현은 '참 평화롭구나' 하고 생각했다.

하지만 그런 인상은 며칠 마을에 머물다 보니 성급한 판단이었다는 것을 알 수 있었다.

농사를 짓거나 가축을 키우는 일은 문제가 아닌데 뒷산으로 가는 사냥은 무척 험한 일이었다.

뒷산이라고 해서 정말 마을을 감싸고 있는 낮은 산을 말하는 것이 아니었다. 멀리 산봉우리조차 희미하게 보이는 높은 산, 그곳이 마을 사람들의 사냥터였다.

가끔은 제법 큰 상처를 입고 복귀하는 마을 주민들도 있었기에 세현도 그 '사냥'이란 것의 위험을 알 수 있었다.

그리고 며칠 마을에서 쉰 후에 팀 미래로는 마을 주민들과 함께 사냥을 떠났다.

세현은 사냥을 떠나는 팀 미래로를 언덕 위에서 배웅할 수밖에 없었다.

세현의 에테르 서클은 아직도 하나밖에 없었기 때문이다.

그것도 강철의 에테르 서클이었기에 세현이 사용할 수 있는 에테르는 거의 없는 것이나 마찬가지였다.

세현은 강현의 집 마당 한쪽에 있는 정자형 건물에 앉아서 에테르 서클 호흡법으로 몸을 회복하는 데 신경 썼다.

얼마 전까지는 각성 능력으로 에테르 호흡법이 자동적으로 실행되었다.

굳이 세현이 신경 쓰지 않아도 에테르 호흡은 면면부절, 끊이지 않고 세현의 몸에 에테르를 돌게 하고 서클을 살찌웠다.

하지만 지금은 그것마저도 중단된 상태였다.

그래서 세밀하게 신경 써서 에테르 호흡법을 진행해야 했다.

'어떻게든 한 번은 완벽한 호흡을 해야 하는데……'

세현은 오로지 그 한 번을 위해서 전심전력을 다해 에테르 호흡법에 매달렸다.

하지만 좀처럼 세현의 각성 능력은 발현되지 않았다.

'문제가 뭐지? 조금 전에 한 정도면 완벽하다고 할 수 있는데?'

세현은 이전이라면 분명히 각성 능력이 발현되고도 남을 정도로 무아지경에서 완벽한 호흡을 했다고 생각했다.

그런데 각성 능력이 발현되지 않았다.

'설마하니 각성 능력이 사라진 건가?'

세현은 불안한 마음이 들었지만 억지로 고개를 흔들었다.

'에테르 서클이 완전히 깨져서 사라진 것도 아닌데 각성 능력이 없어지진 않았을 거다. 그런데 왜 각성 능력이 꼼짝을 하지 않을까? 아이아어니, 그 여자가 각성 능력까지 묶어버렸나?'

세현은 그런 생각을 하면서도 달리 방법이 없으니 다시 에테르 호흡법에 집중하기 시작했다.

그런 세현의 모습을 집 안에서 창문을 통해 강현과 아현이 걱정스럽게 바라보고 있었다.

"도대체 무슨 생각으로 그러신 걸까? 도련님의 모든 것을 봉인해 버렸네?"

"봉인이랑은 또 다르지. 뭐라 해야 하나? 잘 경작하고 있던 밭을 그대로 두고 그 위에 흙으로 복토(覆土)를 해버린 상황이라고 할까? 이제 농사를 지으려면 원래 밭이 아니라 새로 깔린 흙 위에서 해야 하는 거지."

"당신은 걱정도 안 되는 거예요?"

"세현이 저 녀석이 고생을 좀 하고 있기는 하지만 문제는 없을 거야. 만약 저기서 더 발전하지 못한다면 여기 블스 대륙에서 편안하게 살면 되는 거고, 발전하게 되면 또 그걸로 한 단계 성장하는 거니까 걱정할 것 없고."

강현은 의외로 느긋한 모습을 보였다.

"하지만 지구는……"

공아현이 지구가 걱정이란 소리를 하려다가 입을 다물었다.

"지구는 우리의 것만은 아니지. 그리고 세현이 녀석이 지구의 용사인 것도 아니고 말이야."

"그러면서 왜 당신은 지구로 갈 준비를 하고 있어요?"

"음? 아니, 그거야 저 녀석이 간다고 하면 따라가야 할지도 모르니까……"

강현이 슬쩍 아내의 시선을 외면하며 변명했다.

*　　　*　　　*

세현은 호흡법을 실행하던 도중 어느 순간부터 뭔가 이상하다는 것을 느꼈다.

분명히 완벽한 호흡법이었다.

이전에 자동으로 실행될 때도 간혹 집중해서 스스로 호흡법을 했다. 그때의 완벽한 호흡, 그것을 지금 세현이 하고 있었다.

그런데 그 완벽한 호흡을 차근차근 뜯어보니 문제가 있었다. 곳곳에 거친 부분도 있고, 너무 긴 부분도 보이고, 반대로 짧은 부분도 보였다.

완벽하다고 여긴 호흡법에 문제가 있었던 것이다.

'어떻게 된 거지?'

세현은 자신의 호흡법이 어디서부터 흐트러져서 이런 문제가 생겼는지 되짚어봤다.

하지만 아니었다.

지금 세현의 호흡법은 그가 각성 능력으로 몸에 각인된 그 완벽함을 그대로 지니고 있었다.

중간에 변한 것이 아니었다.

다만 그때는 완벽하던 것이 지금은 그렇지 못한 것이다.

'아, 당시의 몸 상태에선 완벽했지만 지금 많은 성장을 이룬 상태에선 그렇지 못한 거구나!'

세현은 깨달음을 얻었다.

세현 자신의 각성 능력은 세현의 수준에 맞춰서 완벽함을 판단하는 것이다.

그러니 에테르 서클을 하나만 가지고 있는 상황, 기반도 제대로 다지지 못한 세현의 그 당시 상황에서는 그게 완벽했을 수도 있었다.

하지만 지금은 아니었다.

세현은 여러모로 성장을 했고, 과거의 완벽함은 지금 많은 부족함을 드러내게 되었다.

'그것도 모르고 이미 완벽하게 각인되어 있는 기술이나 능력들을 되돌아볼 생각을 하지 않았구나. 그럼 당연히 성장도 없는 거지.'

세현은 스스로 완벽하다고 각인된 능력들을 되돌아보지 않은 과거의 자신을 반성했다.

그리고 처음부터 새로 배운다는 기분으로 에테르 서클 호흡법을 차근차근 공을 들여 하기 시작했다.

*　　　*　　　*

대우 부족의 마을 생활은 유유자적 흘러갔다.

팀 미래로의 대원들은 거의 쉬지도 않고 뒷산으로 사냥을 떠났고, 강현과 아현은 수련을 하면서 가축을 키웠다.

그리고 세현은 처음 에테르를 각성했을 때 하던 것처럼 기초가 되는 것부터 하나하나 새로 배우고 익혔다.

그러는 동안에 다행스럽게도 1단계 에테르 호흡법을 다시 한번 각성 능력으로 각인할 수 있었고, 찌르기, 베기, 치기의 기초도 각인했다.

하지만 세현은 그렇게 각인된 능력이 끝이 아니란 사실을 잊지 않겠다고 몇 번이나 되새겼다.

'초인으로 가는 길은 아직 알 수 없지만, 이렇게 발전하다 보면 이전의 나보다는 몇 배는 강해질 수 있을 거다.'

같은 찌르기라도 예전과 지금의 수준이 달랐다.

어떻게 그걸 완벽한 찌르기라고 믿고 있었는지 어이가 없을 정도로 초기에 익힌 찌르기엔 허점도 많고 속도도 느렸다.

그것은 치기, 베기는 물론이고 검기를 만들거나 그것을 필요에 따라서 운용하는 능력에서도 발견되는 문제였다.

세현은 그것을 하나하나 고쳐 나가며 성장했다.

그리고 세현이 두 번째 에테르 서클을 만들고 어느 정도 앙 캡스를 사용할 수 있게 되었을 때, 팀 미래로의 지휘자 자리는 다시 세현의 것이 되었다.

비록 에테르 서클이 둘밖에 없고 검기를 만드는 것이 고작이 지만 그것만으로도 세현은 팀 미래로에 충분한 도움이 될 수 있었다.

더구나 세현의 능력과는 무관하게 발휘되는 '팥쥐'와 콩쥐의 능력도 있으니 아직 모자란 세현의 부족함은 충분히 채워졌다.

미니맵의 존재만으로도 팀 미래로의 사냥 위험은 몇 배는 줄 어들고 있었다.

'갔던 길을 다시 가는 거라서 그런지 어렵지는 않군. 이전과 같은 것들이니까. 다만 이전보다 훨씬 정교하게 다루어야 한다 는 차이 때문에 힘든 거지.'

[음. 세현, 고생하고 있어. 그래도 세현은 좋아. 다른 사람은 안 그래. 세현만 그래.]

'하하, 그건 니 말이 맞다. 나야 한 번만 확실하게 하면 되니 까 다른 사람들에 비하면 훨씬 유리하긴 하지.'

단 한 번만 완벽하게 시행하면 그와 동시에 그것을 몸에 각 인시키는 능력.

그것은 확실히 세현의 성취를 극단적으로 끌어올리는 것이었다.

'그래도 그것 때문에 좀 더 나은 것을 찾아서 노력하는 마음을 잊고 있었으니 꼭 좋은 것만은 아니지.'

[음음. 하지만 이제 안 그래. 세현도 이제 아니까. 음!]

'그래, 니 말이 맞다. 그런데 요즘은 언니하고 뭐 해?'

세현은 그동안 '팥쥐'가 이곳 테멜의 코어와 무슨 일을 하고 있었는지 궁금했다.

[음음음! 공부해! 나랑 콩쥐랑 언니한테 배워. 많이 배웠어! 나도 콩쥐도 많이 컸어! 음음!]

세현은 스스로 많이 컸다고 하는 '팥쥐'의 말에 웃음이 나왔다.

'팥쥐'는 여전히 손바닥 위에 올라올 정도로 작은 햄스터의 모습을 하고 있다.

ㅡ딴 구세에 깄더니.

[음? 아니야. 정말 컸어. 음음!]

'어? 너? 지금 내 속마음을 읽었어?'

세현은 갑자기 들리는 '팥쥐'의 항의에 깜짝 놀랐다.

[아니야. 안 그랬어요. 그래도 알아. 음음. 세현, 느낌 조금 알 수 있어. 표정 읽는 거와 같아. 음음.]

'그래? 내 느낌을 표정을 읽는 것처럼 읽을 수 있단 말이야? 그럼 어느 정도는 내 내면을 본다는 소리잖아?'

[음! 나 컸어. 그래서 그런 거야. 그러니까 안 컸다고 하지 마. 음음음.]

'하하, 그래, 내가 잘못했다. 알았다, 알았어. 확실히 성장을 하긴 한 모양이네.'

세현은 '팥쥐'의 성장을 인정할 수밖에 없었다.

이전에 비해서 확실히 달라진 면이 있었다.

[음. 세현도 성장해. 음음. 잘하고 있어. 세현의 에테르 서클이 벌써 여섯 개야. 음. 대단해!]

그런데 '팥쥐'가 세현이 듣기에도 이상한 소리를 했다.

'서클이 여섯? 난 지금 둘밖에 없는데?'

세현이 '팥쥐'에게 물었다.

[음? 아니야. 있어. 네 개, 그리고 두 개. 그래서 여섯 개야.]

'그래, 있긴 하겠지만 그건 그 여자가 봉인을 했는지 어쩐지 움직이지도 못하는 거라서 지금은 있어도 없는 거야.'

[음음. 알아. 하지만 없는 건 아니야. 있는 건 있는 거야. 음.]

'그래, 없는 건 아니지. 없앤 것은 아니라고 분명히 그랬으니까.'

세현은 그렇게 '팥쥐'의 말에 대꾸하는 중에 문득 떠오르는 것이 있었다.

아이아어니가 숙제를 하라며 한 말.

그 말의 어디에도 세현에게 수련 방법을 정해준 것은 없었다.

다만 이전에 만난 초인들의 말이 도움이 될 거라는 뜬구름

잡는 식의 말만 했을 뿐이다.

그런데 지금 '팥쥐'와 이야기하면서 뭔가 속임수가 있다는 것을 알게 되었다.

'나, 지금 서클이 네 개, 그리고 두 개가 있는 게 확실해?'

세현이 다시 '팥쥐'에게 물었다.

[음음. 그렇게 있어. 분명해. 음.]

세현은 '팥쥐'의 확답에 자신이 속았다는 것을 깨달았다.

아이아어니와 헤어질 때 그녀는 모든 에테르 서클을 없앤 것이 아니라 하나를 남겼다고 했다.

그래서 세현은 에테르 서클을 하나에서부터 새로 만들어 올리는 과정을 진행하고 있었다.

그런데 지금 콩쥐가 한 말을 들어보면 에테르 서클은 없어진 것이 아니었다. 도리어 아이아어니가 새로운 에테르 서클을 흐릿하게 하나 더 만들어 놓은 상태였다.

그것을 세현은 다시 두 개로 만들었고,

'이게 말이 되나?'

하나의 서클에서 둘이 되는 것은 쉽지만 네 개의 서클이 있는데 다시 두 개를 만드는 것은 정말 어렵지 않은가?

세현은 심장이 미친 듯이 뛰는 것을 느꼈다.

네 개의 서클이 있었다면 지금 세현은 죽어도 두 개의 서클을 다시 만들지 못했을 것이다.

그런데 지금 두 개의 서클은 분명히 네 개의 서클이 있는 상태로 만들어진 것이다.

비록 세현은 네 개의 서클이 없다고 느끼고 있었지만 실제론 존재했던 것.

지이이이잉, 지이이잉, 지이잉, 지잉, 지잉, 지잉!

그리고 그 순간 세현의 내부에서 에테르 서클들이 통제되지 않고 울리기 시작했다.

길을 찾아 한 걸음 내딛다

세현은 몸 안에서 서클들이 진동하기 시작하자 그동안 숨어 있던 서클 네 개를 확인할 수 있었다.

'거기에 있었구나!'

세현이 그 네 개의 서클을 인지하는 순간, 그동안 아이아어니를 만난 후에 새로 만든 두 개의 서클이 기존의 네 개 서클과 겹치기 시작했다.

하지만 그 순간 세현은 두 개의 서클을 그대로 이전의 첫 번째 서클과 두 번째 서클에 겹치게 두지 않았다.

세현은 어떻게든 새로 만들어진 두 개의 서클을 첫째와 둘째, 둘째와 셋째 사이의 틈에 끼워 넣으려 애썼다.

하지만 그것은 그야말로 겨자씨에 산을 욱여넣는 것과 같은 일이었다.

우우우우웅, 우우우우웅.

기존에 있던 네 개의 서클이 비명을 질렀다.

첫 번째 서클은 변화가 없지만, 두 번째 서클은 세 번째 서클이 되어야 하고 세 번째 서클은 다섯 번째 서클이 되어야 한다.

거기에 새로 만들어진 서클은 첫 번째 것이 두 번째 서클이 되고, 두 번째 것은 네 번째 서클이 되어야 했다.

더 큰 문제는 기존에 있던 네 번째 서클이 여섯 번째 서클이 되어야 한다는 사실이다.

에테르 서클 하나하나의 차이는 생각 이상으로 크다.

에테르 서클 호흡법에서 만들어지는 에테르 서클은 그 자체로 경지를 나타내기 때문이다.

그런데 뜬금없이 겨우 네 개의 에테르 서클을 가지고 있던 세현이 여섯 개의 에테르 서클에 도전하고 있는 것이다.

"으윽!"

세현이 저도 모르게 신음을 토했다.

엄청난 에테르의 유동에 온몸이 으스러질 것처럼 충격을 받고 있었다.

하지만 그보다 더 큰 문제는 여섯 개의 서클이 제멋대로 날뛰고 있다는 점이었다.

'제발! 자리만 잡아!'

세현은 어떻게든 여섯 개의 서클이 자리를 잡도록 유도했다.

그사이에 서클이 허물어지고 금이 가는 것도 무시했다.

'일단 자리를 잡고 그 뒤는 강철의 에테르 서클에게 맡긴다!'

세현도 나름의 생각을 가지고 있었다.

세현이 에테르 서클의 바탕에 깔아놓은 것은 강철의 에테르 서클. 어떤 경우에도 에테르 서클이 파괴되는 것을 막아준다는 그것이다.

강철의 에테르 서클은 활용이 거의 불가능하다는 단점이 있지만 에테르 서클에 문제가 생길 경우엔 그만한 보험이 없다고 하는 그것이다.

"으으윽!"

키이이이잉, 키이이이잉!

세현이 새로 만든 두 개의 에테르 서클이 끝내 기존의 에테르 서클들 사이로 비집고 들어섰다.

그리고 그에 따라서 확장한 에테르 서클들이 비명을 지르며 바스러지기 시작했다.

'어긋나면 안 된다! 어떻게든 제자리를 잡는 것이 중요해!'

지금도 끝없이 에테르 서클들이 에테르를 흡수하면서 커지고 있었다.

당연한 일이다.

네 개의 에테르 서클이 여섯이 되는 마당이기에 상상을 초월할 만큼 많은 양의 에테르가 필요했다.

쉽게 말하자면 네 개의 에테르 서클이 가지고 있던 에테르 총량의 수백 배에 이르는 에테르가 필요한 일이었다.

'욕심은 버린다. 어떻게든 에테르 서클의 파괴만 피하고 자리

만 잡는다!'

세현은 그런 중에도 조금씩 바스러지는 에테르 서클에 집착하지 않았다.

대신 어떻게든 강철의 에테르 서클에 문제가 생기지 않도록 도리어 에테르 서클의 다른 부분을 희생시켰다.

키이이잉, 키이잉, 키잉, 키잉, 키이이잉!

세현은 어느 순간부터 자신의 노력이 성과를 거두고 있음을 알았다.

에테르 서클이 아주 조금씩 자리를 잡아갔다.

안쪽에서부터 불협화음을 지우면서 에테르 서클이 회전을 시작했다.

에테르 서클 호흡법에 따라서 통제되는 회전이었다.

그리고 그것은 두 번째, 세 번째 에테르 서클로 이어지면서 점차 확대되었다.

물론 에테르 서클이 치르는 희생노 막내했나.

세현의 에테르 서클은 거의 실낱같은 모습으로 변하고 있었다.

그것은 네 번째, 다섯 번째, 여섯 번째로 갈수록 애처롭게 보일 정도로 가늘게 변했고, 그나마도 모두가 강철의 에테르 서클이어서 활용이 불가능한 에테르였다.

"서, 성공이다!"

쿠궁!

세현은 결국 에테르 서클을 안정시키고 앉은 자리에서 옆으로 쓰러졌다.

"세현아!"

"도련님!"

그때, 지금까지 세현의 모습을 지켜보며 발을 동동 구르고 있던 강현과 아현이 정자 안으로 뛰어들어 세현을 붙잡았다.

"괜찮아요. 그냥 정신을 잃은 것뿐이에요. 몸엔 이상이 없어요."

"그래, 정말 다행이네. 이 자식, 도대체 무슨 짓을 한 거야?"

"깨어나 봐야 알겠지만, 나쁜 상황은 아닌 것 같아요. 뭔가 굉장한 힘이 느껴졌어요."

"그렇지? 그런 거지?"

강현은 동생이 잘못되지 않았다는 것을 아내에게라도 확인받고 싶다는 듯이 몇 번이나 물었고, 아현은 그런 남편을 달래느라 애썼다.

"괜찮아요, 괜찮아. 그러니 걱정하지 말아요."

*　　　　*　　　　*

세현은 정신을 차리면서 자신이 있는 곳이 형의 집의 자기 방인 것을 알았다.

그는 눈을 뜨지도 않고 움직이지도 않았지만 형의 집과 대우 부족의 마을, 그 마을과 이어진 숲과 밭, 개천과 산을 눈으로 보듯이 알 수 있었다.

세현은 정신을 차렸지만 자리에서 일어나지 않고 자신의 내면을 관조했다.

여섯 개의 에테르 서클.

그것이 내면에 자리하고 있음을 분명히 느낄 수 있었다.

그리고 지금 이 순간 그 여섯 에테르 서클의 작용으로 세상에 흩어져 있는 에테르들과 소통이 가능하다는 것도 알게 되었다.

당장 자신의 에테르 서클에서 사용 가능한 에테르는 거의 없었다.

여섯 에테르 서클이 모두 강철의 에테르 서클만 겨우 남기고 있을 정도로 약해져 있었기 때문이다. 그럼에도 세현은 자신이 인지할 수 있는 범위 안에 존재하는 모든 에테르를 제 손처럼 사용할 수 있다는 것을 알았다.

'초인이 어째서 초인인지 이제야 알 것 같네.'

세현은 그렇게 생각했다.

엄청난 범위 안에서 세현은 모든 에테르를 마음껏 사용할 수 있었다.

원하기만 한다면 지금 당장에라도 인식하는 범위 안의 모든 에테르를 폭발시키는 것도 가능할 것 같았다.

그리고 그렇게 되면 대우 부족의 마을 수 킬로미터 반경이 재앙을 맞이하게 될 터였다.

'무섭네.'

세현은 자신을 위해서 음식을 준비하는 형수와 밖에서 장작에 도끼질을 하면서 연신 자신의 방을 힐끗거리는 형을 느끼며 조심스럽게 에테르 서클 호흡법을 시작했다.

여섯 개의 에테르 서클 호흡은 지금껏 상상도 해본 적이 없는 영역이었지만 세현은 그것이 어렵지 않을 거라는 느낌이 들었다.

세현은 그 호흡을 몸 안에 있는 여섯 개의 서클을 통해서 자연스럽게 알 수 있었다.

세현이 깨어나자 강현과 아현은 물론이고 팀 미래로 대원 모두가 찾아왔다.

그리고 세현이 초인의 길에 발을 디뎠다는 소식에 환호성을 올렸다.

특히 강현은 세현과 같은 에테르 호흡을 익히고 있었기에 세현의 경지 상승에 큰 관심을 보였다.

세현은 그런 형에게 강철의 에테르 서클에 대해서 알려줬다. 그리고 만약 아이아어니가 자신에게 해준 것과 같은 방법을 취해 준다며 형도 자신과 비슷한 결과를 만들 수 있지 않을까 조심스럽게 이야기했다.

"아니, 어렵지. 일단 강철의 에테르 서클을 지금 내가 가지고

있는 네 개의 서클에 적용을 시키는 것도 쉽지 않고, 아이아어
니 님에게 너와 같은 봉인을 받아도 내가 새로 만든 에테르 서
클을 이미 숨겨진 에테르 서클에 끼워 넣을 수 있다는 보장도
없지. 제일 중요한 것은 그걸 거야. 아이아어니 님이 숨긴 서클
을 찾는 거. 그걸 어떻게 찾았냐? 내게 설명을 할 수 있어?"

세현은 강현의 말을 듣고 숨겨져 있던 에테르 서클 네 개와
자신이 새로 만든 두 개의 에테르 서클이 공명하며 진동할 때
의 상황을 떠올렸다.

그런데 막상 떠올리려 하자, 어떻게 그렇게 되었는지 알 수가
없었다.

세현은 고개를 숙였다.

"모르겠네. 어떻게 그렇게 된 건지. 그저 '팥쥐'가 내게 네 개
의 서클이 따로 있다는 것을 알려주는 순간 뭔가 일어난 거야."

"거봐라. 그 순간 네게 인연이 닿은 거지. 그런 인연이 나에게
도 있을 거라고 확신할 수는 없지 않냐? 안 그래?"

강현이 세현의 어깨를 툭 치면서 말했다.

그런 강현의 동작에는 아쉬움을 떨치려는 뜻이 담겨 있었다.

"호호호, 그나저나 대단해요! 드디어 지구도 초인을 배출한
행성이 되는 거잖아요. 호호호!"

그런 형제의 모습을 보며 공아현이 짤랑짤랑한 목소리로 웃
었다.

"형수님도 이미 초인의 경지에 오르신 것 같은데요? 제가 먼

저가 아니라 형수님이 먼저 아닙니까?"

하지만 세현은 그런 공아현에게 그녀가 먼저 초인이 된 것이 아니냐고 물었다.

세현이 보기에 공아현도 분명히 자신과 비슷하게 에테르를 다룰 수 있었다.

"호호, 방식이 비슷하긴 하지만 저는 범위가 많이 부족하죠. 그래서 초인이라고 할 수가 없어요. 그나마도 이것 때문에 얻은 능력이기도 하고요."

공아현이 왼쪽 손을 오른손으로 톡톡 치면서 말했다.

세현은 그런 공아현의 모습에 입을 꾹 다물었다.

에테르 기반 생명체의 생체 구조를 지닌 덕분에 온몸이 에테르로 되어 있는 상태를 체험할 수 있던 공아현, 그 때문에 초인과 같은 에테르 운용 능력을 지녔다.

하지만 그것은 어떻게 보면 그녀의 아픈 과거일 수도 있었다.

"뭐 이 사람이야 에테르가 부족한 것이 문제지. 반쯤은 초인이나 다름없다고 하더군."

"이이는, 그게 문제죠. 쓸 수 있는 에테르가 없는데 초인이 무슨 가당키나 해요?"

공아현이 강현의 옆구리를 슬쩍 꼬집었다.

"어, 어! 허허허허."

"그런데 대장님, 대장님이 이제 초인이 되셨으면 우리 지구로 돌아가는 겁니까?"

그때, 이야기를 듣고 있던 팀원 중에서 현필이 앞으로의 일정을 물었다.

현필은 물론이고 대부분의 대원들 얼굴에 지구로 돌아가고 싶어 하는 마음이 드러나 있었다.

세현은 그런 모습을 보다가 강현과 아현을 바라봤다.

"형은 못 가지?"

세현은 사정을 알고 있다는 듯이 형에게 물었다.

"뭐, 이 사람이 아직 완전히 나은 것도 아니어서 말이다. 침식의 진행은 막았지만 무리하면 또 어떻게 될지 알 수 없는 상황이라. 이 사람이 조금 더 발전을 해야……."

"아니에요. 나도 갈 수 있어요. 이젠 괜찮아요. 그리고 여기가 아니라 지구에서도 수련은 할 수 있어요."

"지구에서 수련은 어렵잖아. 에테르가……."

"강현 님, 지구의 에테르도 제법 농밀합니다. 그 배반의 크리스마스 실험 이후로 몬스터들이 나타나면서 지구에도 에테르가 퍼지기 시작했습니다. 물론 여기 블스 대륙에 비하면 좀 모자라긴 합니다만."

이춘길이 강현과 아현의 대화에 끼어들었다.

그 역시 지구로 돌아가고 싶은 마음이 있었고, 강현과 아현이 가지 않으면 세현도 움직이지 않을 가능성이 높다는 생각에 마음이 급해져 나선 것이다.

"아닙니다. 형하고 형수님은 그냥 여기 계세요. 제 한 몸은 어떻게든 이곳 자유에선과 지구를 오갈 수 있으니까 괜찮습니다. 그리고 어쩌면 여기 테멜 안쪽으로도 이동할 수 있을지 모릅니다. 그럼 형과 형수님 만나는 건 어려울 것도 없지요."

"야, 왜 난 형이고 형수는 형수님이냐?"

"당신, 쓸데없는 소리 하지 마요. 도련님, 전 괜찮아요. 함께 갈 수 있으면 함께 가요. 나중에 가려고 해도 먼 길을 가야 하는데, 한꺼번에 가는 것도 좋죠."

"나중에도 제가 모시면 됩니다. 그러니 서둘지 않으셔도 돼요. 제가 자주 찾아와 뵙겠습니다. 그럼 되지 않겠습니까?"

세현이 그렇게 형수인 공아현을 설득하고 있을 때, 대원들은 세현이 지구로 돌아갈 마음을 먹었다는 사실에 기뻐하고 있었다.

그렇게 세현의 귀환이 결정되었다.

Chapter 4

귀환 준비와 아이아어니의 조언

세현이 지구로의 귀환을 결정했지만 그렇다고 다급하게 서둘지는 않았다.

그사이 수린으로도 오솔은 또 한 단계 성장해서 이제는 다섯개의 또 다른 자신을 만들어내는 쾌거를 이룩했다.

거기에 이춘길이나 주영휘도 대우 부족의 전사들과 사냥하면서 여러 가지 기술을 익혀서 이전보다 훨씬 다양한 공격이 가능해졌다.

물론 그들뿐만이 아니라 대부분의 팀 미래로 대원들이 빠른 성장을 보이고 있었다.

예외가 있다면 포레스타 종족의 메콰스인데, 그는 여전히 처음과 비슷한 모습이었다.

메콰스의 말로는 자신은 나이가 너무 많아서 이제는 성장보다는 정체, 혹은 퇴보가 어울린다고 했다.

그래서 메콰스는 전투에 직접 참여하기보다는 조언자로서의 자리를 지키고 있었다.

이면공간을 매개로 하는 여러 이종족 사이의 이야기를 메콰스만큼 잘 알고 있는 사람도 드물었다.

그것만으로도 메콰스는 팀 미래로의 대원으로 충분한 자격이 있었다.

어쨌건 그렇게 발전하고 있는 팀원들도 수련을 마무리해야했고, 세현도 아직은 에테르 서클을 안정시킬 시간이 필요했다.

그래서 곧 떠날 것 같던 세현 일행의 귀환은 꽤나 시간이 지난 후에야 이루어질 수 있었다.

*　　　　　*　　　　　*

'어때? 역시 안 되나?'

세현이 '팥쥐'에게 물었다.

[음음. 그건 세현 능력이 아니야. 음. 그건 콩쥐가 가지고 있는 에테르의 양과 관계가 있는 거야. 그래서 어려워. 언니 덕분에 성장을 해서. 음음. 그러니까 셋? 그 정도가 한계야.]

'팥쥐'가 세현의 물음에 어쩔 수 없다는 대답을 내놓았다.

한꺼번에 대우 부족의 테멜인 이곳 블스 대륙에서 지구나 미래 필드로 귀환이 가능한가 물은 것에 대한 답이다.

콩쥐도 이곳 테멜의 코어에게 뭔가 많은 것을 배웠고, 그 덕분에 에테르의 운용 능력이 크게 올랐다고 했다.

하지만 그럼에도 지구까지 한 번에 이동할 수 있은 인원은 셋이 고작이었다.

'그럼 어쩔 수 없이 지유에선 밖으로 나간 다음에 거기서 지구로 가야 하겠군.'

세현은 안 되는 일에 미련을 두지 않기로 했다.

[음음. 하지만 지유에선에서 지구로 가는 건 할 수 있어. 음. 여기 테멜은 언니의 힘으로 보호받고 있어서 힘든 거야. 음! 그래.]

'언니한테 좀 봐달라고 해보지 그래?'

[안 되는 거래. 그렇게 하면 다른 놈들이 침입할 수 있대. 그럼 언니랑 여기 전체가 위험할 수 있다고 했어. 음음음.]

'그럴 줄 알았다. 그냥 한번 해본 말이다.'

테멜은 이면공간에 비해서 훨씬 독립적인 공간이라는 장점이 있었다.

그래서 세현은 여기서 지구로 갈 수는 있어도 지구에서 이곳 테멜 안으로 들어오는 것은 불가능할 거라고 예상하고 있었다.

테멜의 코어가 외부로부터의 침입을 막고 있다면 아무리 천공기를 이용한 이동이라도 막힐 가능성이 높았다.

'그나저나 지유에선에서 야울스 님을 어떻게 찾지? 야울스 님을 찾지 못하면 여기로 들어오는 것도 어려워지는데?'

일단 밖으로 나가는 것은 문제가 아니었다.

하지만 만약에 천공기를 이용해서 지유에선 밖으로 나가면 야울스를 만나지 못하게 된다.

그리고 야울스를 만나지 못하면 대우 부족의 테멜 안으로 들어올 방법이 없었다.

세현은 어쩔 수 없이 마을 촌장 노릇을 하고 있는 원로노인을 찾아갔다.

"허허허, 그야 걱정할 것이 없습니다. 게이트의 매개체를 지니고 있는 파견자는 지유에선의 대도시 중에 한 곳에 거점을 정하고 머무르기로 했으니 말입니다. 이번에는 사달이 일어나지 않도록 한곳에만 머물기로 한 겁니다."

"그렇습니까? 그거 다행이군요."

"네. 그러니 일단 이곳에서 나가실 때에는 게이트를 이용해서 나가십시오. 그럼 그곳에 파견자 야울스가 있을 겁니다."

"네, 알겠습니다. 거기서 좌표를 설정하면 되겠군요. 오고 싶을 때는 언제든 이곳으로 들어올 수 있도록 말입니다."

"허허, 그러니 걱정하지 마십시오. 허허허."

원로노인은 세현을 보며 마치 성공한 손자를 보는 눈빛을 하고 있었다.

블스칸의 부탁으로 세현에게 작은 인연들을 이어준 것이 자신이었지만 설마하니 이토록 빠른 시간에 초인의 길에 들어설 거라곤 생각도 못한 그였다.

하지만 막상 세현이 초인이 되고 나니 자신이 그 길잡이 노릇을 했다는 뿌듯함이 그를 들뜨게 했고, 세현을 또 그만큼 가깝게 느끼게 되었다.

"고맙습니다, 할아버님."

세현도 그런 원로노인의 마음을 어느 정도 받아들였다.

그래서 호칭도 할아버님이라 바뀌어 있었다.

"허허허, 가기 전에 아이아어니 님을 한번 뵙고 가야 하지 않겠습니까?"

원로노인이 세현에게 아이아어니를 만날 것을 권했다.

"그렇지 않아도 찾아뵐 생각입니다. 알고 보니 우리 형수님을 돌봐주시는 분도 그분이더군요."

"허허허, 제일 가까운 곳에 계시는 여성 초인이시니 그렇게 되었다고 들었습니다."

"아무튼 감사 인사는 드려야 하니 가보긴 해야죠. 뭐 숙제 검사는 하지 않겠다고 하셨지만, 숙제를 잘한 학생은 꼭 검사를 받고 싶어 하는 법이거든요."

세현은 그렇게 원로노인과 한동안 이야기를 주고받다가 마을을 나서서 아이아어니의 동굴로 걸음을 옮겼다.

초인이 된 후로 세현은 에테르를 이용해서 이동하는 것도 이전과는 차원이 다른 속도를 지니게 되었다.

에테르로 단단한 구를 만들어 몸을 감싸고 그 구체의 앞을 진공으로 만드는 방법을 쓰면 그야말로 쏘아진 탄환처럼 날아갈 수 있었다.

지속적으로 구체의 앞부분을 진공으로 만드는 것은 상당한 양의 에테르가 필요했지만, 초인의 수준에서는 크게 부담되는 일도 아니었다.

슈우우우웅, 콰쾅!

짧은 시간에 가속도를 붙인 세현은 곧바로 음속을 돌파하는 충격파를 남기고 아이아어니의 동굴 방향으로 사라졌다.

그리고 금방 목적지에 도착했다.

"들어와! 쯧, 귀찮게 찾아오기는 뭐하러 찾아와?"

동굴 입구에 세현이 도착하자마자 아이아어니의 목소리가 그를 반겼다.

세현은 성큼성큼 아이아어니의 동굴 응접실로 걸음을 옮겼다.

"앉아."

아이아어니는 이전과 같은 자리를 세현에게 권했고, 세현은 아이아어니와 마주 보며 자리에 앉았다.

"빠르네?"

"덕분입니다."

"그게 끝이 아니란 건 알지?"

"물론입니다. 제 각성 능력이 지니고 있는 문제도 알게 되었으니 앞으로 쉬지 않고 나갈 생각입니다. 아무리 보폭이 좁더라도 쉬지 않고 조금씩 가다 보면 언젠가는 목적지에 닿지 않겠습니까."

"호호호. 그래, 그렇지. 하지만 그 마음을 끝까지 지키는 것은 쉽지 않아. 제자리걸음만 하고 있다고 느끼는 경우가 너무 많으니까. 제일 위험한 때가 한 번의 성취를 얻는 순간이야. 그런 때에는 꽤나 성장하거든. 그런데 그다음부터는 정말 꼼짝도 않고 제자리에 있는 것 같지. 그럼 조바심이 생겨. 그리고 인내력을 잃게 되지. 그럼 어려워져."

아이아어니는 즐겁게 웃으며 앞으로 세현이 겪게 될 벽에 대해서 이야기하며 조언을 해주었다.

"감사합니다. 토끼가 되기보다는 거북이가 되겠습니다."

"응? 토끼? 거북이? 그게 뭐?"

아이아어니는 세현의 말을 이해하지 못하고 이맛살을 찌푸렸다.

"아, 그게……"

세현은 아이아어니가 지구의 동화 토끼와 거북을 모른다는 사실을 깨닫고는 간단하게 설명했다.

"호호, 그래, 맞아. 쉬지 않고 앞으로 가는 것이 중요하지. 하지만 거북이처럼 앞으로 가고 있다는 것을 느낀다면 그건 좋은 일이야. 어떤 때에는 정말 걸어도 걸어도 자꾸 뒤로 밀리는 느낌을 받을 때가 있거든. 그래도 계속 걸어야 해. 잊지 마. 안 그럼 발전하지 못해."

세현은 아이아어니의 말에서 거꾸로 가는 에스컬레이터에서 걸음을 옮기는 상황을 떠올렸다.

"그런 때에는 조금이라도 더 힘을 내야죠. 하하, 걱정하지 마십시오."

아이아어니는 세현의 시원한 대답을 들으며 활짝 웃었다.

이 어린 후배는 아이아어니의 예상을 벗어나는 능력을 보였고, 앞으로의 발전 가능성도 무궁했다.

기대되는 후배를 보는 아이아어니는 마음이 무척 흡족했다.

"아, 그리고 아현이도 걱정할 거 없어. 무리만 하지 않으면 문제없을 거야. 제 몸을 지키는 정도야 하겠지. 거기다가 그 녀석은 아직 초인도 아니니 제약도 없고."

아이아어니는 그렇게 아현에 대해서 이야기했지만 실제로 하고 싶은 이야기가 따로 있음을 세현은 알아차렸다.

"그 제약이란 거, 정확하게 어떤 겁니까? 초인이 되었으니 실제로 몬스터들 정도는 어렵지 않게 쓸어버릴 수가 있는데 말입니다. 지구에 가서 지구에 들어온 몬스터들을 모두 쓸어버리라고 해도 시간이 문제이지 불가능한 일은 아닙니다. 그런데 그렇게 해도 됩니까?"

세현이 알고 싶던 것이다.

세현은 자신의 능력이면 지구 전체의 에테르 기반 생명체들을 정리할 수 있다고 믿었다.

하지만 그게 쉬웠으면 이종족들의 행성 중에서 에테르 기반 생명체에게 점령된 곳들이 없었을 것이다.

"하고 싶으면 그렇게 해도 돼."

"네? 정말입니까?"

그런데 아이아어니의 대답은 세현의 예상과는 전혀 달랐다.

초인의 힘을 이용해서 지구의 몬스터를 모두 박멸하는 것도 상관없다는 투였기 때문이다.

"그래. 지구 출신의 초인이잖아. 그러니까 지구에선 맘대로 해도 제약이 없어. 물론 지구와 관계된 에테르 기반 생명체 중에서 초인 등급이 나오면 또 상황이 달라지겠지? 그쪽에서 너를 막으려 들 테니까."

"초인들이 다른 행성에 간섭하는 일은 불가능하다는 겁니까?"

"아니, 꼭 그렇긴 않기. 투바 투보에서도 그랬잖아. 거기 다른 행성에서 온 이종족 초인들이 한바탕 붙었다면서?"

"네, 그렇죠."

"그렇게 분쟁 지역이 되면 초인들이 간섭을 하지. 그리고 그 외에도 초인들의 선택에 따라서 일이 벌어지기도 해. 물론 대부분 이면공간에서 싸우지 행성 자체는 잘 안 건드리긴 해."

"왜죠?"

"이면공간의 축이 행성이기 때문이지. 이면공간들은 따지고

보면 행성 위에 쌓은 건물이야. 행성에 문제가 생기면 이면공간
도 허물어질 수 있지. 그래서 될 수 있으면 행성은 그저 돌아가
는 대로 두는 거야. 외부 간섭은 행성의 고유성을 훼손할 수 있
으니까."

"그럼 저는 지구 출신이기 때문에 지구의 고유성을 훼손할 일
이 없다는 거군요. 그리고 그건 행성 코어와 관련이 있는 문제
겠군요?"

"행성 코어. 그래, 그거야. 굉장히 중요하지."

세현은 아이아어니의 대답을 들으며 이번에 돌아가면 반드시
크라딧을 해결해야겠다고 결심했다.

그들이 지구의 행성 코어를 노리고 있다는 이야기가 있었다.

그때는 행성 코어 자체가 쉽게 넘볼 수 없는 것이라 급할 것
이 없다고 생각했다.

하지만 공아현의 경우처럼 에테르 기반 생체 구조를 지니면
초인과 비슷한 에테르 운용 능력을 지니게 된다. 그리고 초인들
의 에테르 운용 능력이라면 꽁꽁 숨어 있는 행성 코어도 어쩌
면 찾아낼 수 있지 않을까 하는 불안감이 들었다.

그러니 느긋하게 상황을 지켜보기만 할 때는 아니란 생각이
들었던 것이다.

"에테르 기반 생명체가 행성에 나타났다면 그때는 이미 행성
코어와 에테르 코어의 싸움이 시작된 거라고 봐야 해. 알지? 에
고를 지니고 있는 에테르 코어 말이야."

"알고 있습니다."

세현도 그중의 하나를 가지고 있었다.

콩쥐라는 이름으로 '팥쥐'의 구박을 받는 신세가 되기는 했지만.

"그래. 그 에코 에테르 코어가 행성 코어와 접촉해야만 행성 자체에 에테르 기반 생명체가 나타날 수가 있어. 이를테면 행성의 방화벽을 뚫고 버그들이 침입하는 거지. 그러니까 쉽게 생각해. 행성 코어도 극도로 발전한 형태의 프로그램 생명체라고 말이야. 거기에 자아를 지닌 에테르 코어가 들러붙어서 프로그램을 삼키려고 하는 거야. 대부분의 경우 초기에는 행성 코어도 그걸 인지하지 못하다가 어느 정도 상황이 악화되고 나서야 그걸 알아차려. 그리고 죽자고 싸우는 거지. 그러니까 최대한 빨리 행성 코어를 찾아서 그 에코 에테르 코어를 정리하는 것이 중요해. 쉽지는 않겠지만."

세현은 아이아어니의 이야기를 들으며 다시 한 번 깊게 감춰져 있는 세상의 비밀을 엿보게 되었다는 사실을 알았다.

귀환, 혼란, 격변

아이아어니와의 대화는 세현에게 많은 것을 알려주었다.

에테르 기반 생명체의 행성 침공은 에고를 지닌 에테르 코어가 첨병 역할을 한다.

에고를 지닌 에테르 코어는 침략 대상이 된 행성의 코어에게 접촉해서 슬그머니 행성 코어의 일부인 것처럼 들러붙는다.

그리고 그 후로 행성 코어를 조금씩 잠식하는 것이다.

컴퓨터로 치면 에테르 코어가 프로그램에 숨어든 버그와 같은 짓을 한다는 말이다.

그렇게 행성 코어의 기능 일부를 에테르 코어가 손에 쥐게 되면 그때부터 본격적으로 행성에 대한 침략이 시작된다.

행성 코어의 방해를 받지 않고 외부에서 에테르 기반 생명체를 행성으로 끌어들이거나 혹은 행성 내에서 에테르 기반 생명체를 만들어내는 것이다.

하지만 그보다 더 중요한 것은 행성 코어의 기능을 일부 차지한 에테르 코어가 그 행성에서 에테르를 생산하기 시작한다는 것이다.

"에테르를 만들어낸다는 것이 별것 아닌 것 같지만 그건 무척 중요해."

아이아어니가 강조하듯 말했다.

"어째서 그렇지요?"

"다른 에테르 코어와 달리 행성 코어와 결합한 에테르 코어는 행성이 지니고 있는 고유의 에너지를 에테르로 바꾸거든."

"고유의 에너지요?"

"그건 행성마다 조금씩 달라. 행성의 고유 에너지란 오랜 세월 그 행성이 살아온 시간 동안에 조금씩 쌓이고 또 변한 것이라 한 가지 기운은 아니지. 그런데 그걸 에테르 코어가 조금씩 에테르로 변화시키는 거야."

"그건 듣기만 해도 뭔가 불길한데요?"

"맞아. 아주 좋지 않지. 왜냐하면 그 행성에 사는 많은 생명체들은 기본적으로 그 행성에 적응이 된 상태란 말이지. 그런데 그게 바뀌는 거야. 아주 빠르게. 급변이라는 점이 무섭지. 그래도 몇 백 년, 혹은 천 년 이상이 걸리니 인간의 입장에서 보자면 아주 긴 시간이지만 행성의 역사에 비하면 그야말로 촌각에 불과해. 그 짧은 시간에 변화가 일어나면 대부분의 생명은 멸종당해. 뭐, 그보다 에테르의 농도가 짙어질수록 일반 생명체가 살기 어려워지긴 하지."

"그럼 그 에고 에테르 코어를 찾아서 행성 코어에서 분리를 시켜야 한다는 말씀인데, 어떻게 해야 합니까?"

세현이 물었다.

이제 지구로 돌아가면 그 일에 힘을 쏟아야 할 것이다.

굳이 자신이 해야 할까 하는 의구심은 없었다.

지구 최초의 초인, 그 이름이 주는 무게가 세현의 행보를 결정하게 했다.

"아마도 지구로 가면 알게 될 거야. 유일하게 자신을 구해줄 수 있는 존재, 너를 지구의 행성 코어가 알아볼 테니까."

"그러니까 쓸 만한 병사가 태어났다는 것을 행성 코어가 스스로 알아차리고 부를 거란 말이군요?"

"병사는 아니고 전사겠지. 아주 뛰어난 전사."

세현은 아이아어니의 말에 피식 웃고 말았다.

아이아어니가 세현을 어느 정도 인정해 준다는 사실을 느꼈기 때문이다.

"고맙습니다."

세현은 아이아어니에게 인사를 했다.

*　　　*　　　*

"어서 와라. 얼굴 보기 힘드네."

세현과 팀 미래로의 대원들을 고재한이 활짝 웃는 얼굴로 반겼다.

고재한의 뒤로는 많은 숫자의 미래 길드의 길드원이 도열하듯 서서 세현 일행을 맞이하고 있었다.

지유에선에서 미래필드까지 공간 이동을 하는 것은 쉽지 않았다.

분명 '팥쥐'와 함께 콩쥐가 크게 성장했음에도 세현은 팀 미래로 대원들을 모두 미래 필드로 옮기는 데 네 번을 왕복해야 했다.

그 덕분에 팀 미래로의 대원들이 모두 미래 필드에 도착하는 순간 미래 길드의 구성원들에게 마중을 받을 수 있었던 것이다.

"그래, 반갑다. 잘 지낸 모양이네?"

세현이 미래 필드를 둘러보며 말했다.

미래 필드는 과거보다 훨씬 커져 있었다.

이면공간의 핵이 되는 에테르 코어를 성장시켜서 이면공간의 등급을 올린 것이 분명했다.

"그래, 이제 파란색 등급이다. 제법 살 만한 곳이 되었지."

고재한은 세현의 반응에 무척 고무된 얼굴로 웃으며 말했다.

미래 필드는 고재한이 꽤나 신경 써서 관리하고 성장시키고 있는 곳이었다.

고재한은 그것을 세현이 알아보고 인정해 주는 것이 고마운 것이다.

"사람 숫자도 많아진 것 같고?"

"길드원과 그 가족들을 거의 대부분 이곳으로 이주시켰거든."

"으음. 지구의 상황이 많이 안 좋은 거냐?"

사람들을 미래 필드로 이주시켰다는 말에 세현의 인상이 찌푸려졌다.

"별반 달라진 것은 없지만 개선되지 않고 있다는 것이 문제지. 몬스터들의 영역이 아주 조금씩이지만 늘어나고 있어. 그 여파로 나오는 에테르 때문에 전자 제품을 쓸 수 없는 지역이 늘어나고 있고."

"확연하게 밀리는 것은 아닌데, 표시나지 않을 정도로 밀리고 있다는 거네?"

"그래. 그나마 여기는 안전하니까 길드원들도 가족들의 안전을 위해서 이주에 적극적이야. 더구나 미래 필드가 확장되면서 개발의 여지가 무척 많아져서 인력도 많이 필요하고."

고재한은 아직도 사람이 부족하다는 듯이 말했다.

"크라딧은 어떤데?"

세현이 팀 미래로의 대원들에게 자유 시간을 주고는 고재한과 함께 길드 하우스를 향해 걸으며 물었다.

세현의 곁에는 호올과 메콰스만 남아 있었다.

"그건 좀 의외인 것이 놈들의 이면공간 공략이 멈췄어."

"음? 전투가 벌어지지 않는단 소리야?"

세현이 조금 놀란 표정으로 되물었다.

"그게 문제가 아니라 그놈들, 완전히 사라졌어."

"사라졌다고?"

세현은 왠지 모를 불안감을 느꼈다.

공아현과 같은 경우가 아니라면 크라딧들이 에테르 기반 생명체에게 잠식당했을 가능성이 높았다.

그런 그들이 사라졌다면 어디로 갔을까?

"상황이 안 좋은데? 그놈들이 지구를 포기하진 않을 텐데?"

"음? 그건 무슨 소리야? 지구를 포기하지 않다니?"

고재한이 세현의 말을 이해하지 못하고 되물었다.

"크라딧은 에테르 기반 생명체라고 봐야 해."

그런 고재한에게 세현이 극단적인 말을 던졌다.

"뭐? 크라딧이 에테르 기반 생명체라고?"

고재한의 목소리가 자연스럽게 높아졌다.

크라딧은 원래 지구인들이었다.

근래에 그들 크라딧이 에테르 기반 생체 구조를 일부 지니게
되었다는 것이 확인되긴 했지만 그렇다고 그들을 에테르 기반
생명체라고 부를 수는 없었다.

"육체가 에테르 기반 생체 구조로 바뀌는 것만이 문제가 아니
야. 그런 상황에서 에테르 기반 생명체들의 사고와 가치관의 침
습도 함께 받아. 한마디로 에테르 기반 생명체에게 몸과 정신을
모두 빼앗긴다는 거지."

세현의 표정이 무척 심각해졌다.

"그런 놈들이 지구를 포기할 리가 없고, 그렇다면 지금 모습
을 보이지 않는 것은 놈들이 뭔가 획책하고 있는 것이 있다는
소리란 말이지?"

재한도 덩달아 표정이 심각해지며 세현을 바라봤다.

"일단 들어가자. 앉아서 차분히 이야기해야겠다. 알아야 할
것들이 많으니까."

길드 하우스에 도착한 세현은 재한을 재촉해서 집 안으로
들어갔다.

*　　　　*　　　　*

세현이 가지고 온 소식은 그의 귀환과 함께 전 세계로 퍼져 나갔다.

더구나 세현이 그의 형인 진강현 천공기사를 찾았다는 사실은 많은 이들에게 큰 놀라움을 주었다.

그리고 진강현의 소식을 들은 사람들의 반응은 대체로 환영한다는 것이었다.

대외적으로 진강현은 남색 등급의 이면공간을 최초로 탐사하기 위해 들어갔다가 실종되었다고 알려져 있었는데, 그런 형을 동생인 진세현이 찾아냈다는 사실은 꽤나 드라마틱했다.

대중은 진강현이 당시의 기득권 세력과 어떤 마찰이 있었는지 몰랐고, 진강현이 스스로 실종된 것임을 아는 이들도 거의 없었다.

실제로 보기에 따라선 당시 진강현의 행동에 문제가 있을 수도 있다는 사실을 아는 사람은 많지 않았던 것이다.

당연히 영웅의 귀환, 형제의 우애 등으로 포장된 소식에 열광할 뿐이었다.

물론 진강현을 찾았다는 소식만 전해졌을 뿐 그가 직접 나타난 것은 아니었으니 사람들의 관심만 집중될 뿐 궁금증을 확풀어줄 정도로 속 시원한 보고는 없는 상태였다.

하지만 그런 대외적인 이야깃거리, 즉 일반인들이 보고 듣는 것과는 다른 정보를 받은 이들이 있었다.

행성 코어와 에테르 코어, 거기에 크라딧의 문제에 대한 심각한 정보가 전 세계의 지도자급 사람들에게 전해졌다.

그리고 그것은 지구의 생존 자체에 대한 위기감을 불러왔다.

그중에서 가장 심각한 것은 배반의 크리스마스 실험이 다시 지구에서 벌어지는 상황이었다.

그렇게 되면 그 실험에 휘말린 사람들이 전부 에테르 기반 생명체에게 잠식되어 결국은 에테르 기반 생명체의 하수인으로 전락할 가능성이 높았다.

사실 그 문제는 세현을 비롯한 팀 미래로 대원들도 생각하지 못하고 있는 문제였다.

배반의 크리스마스 실험이 다시 진행된다면 어떻게 될 것인가 하는 문제 제기는 벌써부터 지구의 지자(智者)들 사이에서 거론되고 있는 문제였다.

"미칠 노릇이군. 그러니까 배반의 크리스마스 실험이 다시 일어날 가능성이 있다고?"

"지구에 크라딧들이 들어와 있다는 사실이 문제지. 저번에 유출된 이면공간 전송기가 결국 문제가 된 거야. 파괴되었다고 한 것이 실제론 분실된 거지."

"정확하게 몇 개냐?"

"세 개."

세현이 재한의 대답을 듣고 이를 갈았다.

"그럼 그걸 찾아서 파괴해야지, 그걸 그대로 뒀단 말이야?"

"백방으로 노력하고 있는데 어디에 그걸 설치했는지 알 수가 없었다."

"빌어먹을!"

세현이 격한 반응을 보였다.

이면공간으로 천공기사가 아닌 일반인이나 헌터를 보낼 수 있는 전송기는 획기적인 물건임에 분명했다.

그것이 있었기에 크라딧들의 전방위적인 이면공간 침략을 방어할 수 있던 것도 사실이다.

하지만 이제 그게 크라딧의 지구 침략의 첨병 노릇을 하고 있다는 생각을 하니 피가 거꾸로 솟는 것 같은 세현이다.

"의심이 가는 곳이 없는 건 아닌데……."

재한이 슬쩍 말꼬리를 흐렸다.

"어디냐?"

세현이 물었다.

"미국, 중국, 일본."

재한이 세 곳을 찍어서 알려줬다.

"확신하는 거냐?"

"미국은 오대호 쪽에, 중국은 천산 쪽에, 일본은 후지산 쪽에 자리하고 있는 길드가 있다. 그런데 거기 오대호, 천산, 후지산 은 몬스터 영역이고 에테르가 무척 강한 곳이다. 전자 제품은 사용 불가 지역이지."

"그런데?"

"그런데 그곳에 있는 각 길드의 피해가 별로 없다. 다만 다른 곳에서 들어간 천공기사나 헌터들은 거의 전멸당했지. 그래서 어쩔 수 없이 그들에게만 지역 방어를 맡기고 있는 중이다."

"그럼 그쪽으로 전송기가 흘러들어 간 정황은?"

"전송기 쪽은 꼬리를 못 잡았어. 그게 전투 중에 파괴되었다고 이야기한 길드들이 해체되고 사라진 경우가 있는데, 그게 모두 크라딧 놈들의 옹호 세력으로 보이거든. 그렇게 사라진 전송기가 셋인데, 그 사라진 길드 놈들이 관리하던 이면공간은 아예 함께 없어졌다."

"이면공간 코어를 뽑아냈다는 거구나?"

"그런 거지. 그래서 추적이 더 어려워진 거고."

"하아!"

세현이 깊은 한숨을 쉬었다.

"그래도 걱정은 하지 마라. 일단 크라딧들이 다시 실험을 할 수 있다는 것을 견제로 주변을 살피며 인구 이동을 체크하고 있다. 희생자들이 말려들어 가지 않으면 그나마 다행일 테니까."

"내가 한번 가봐야겠다. 일본부터."

세현이 결심을 굳힌 표정으로 말했다.

"네가 직접?"

재한은 걱정스런 표정을 지으며 세현을 쳐다봤다.

"후후훗, 넌 아직 실감이 나지 않겠지만 초인이란 존재는 우주의 질서로부터 지속적인 관찰을 받는 존재다. 그 존재만으로도 우주나 행성에 큰 영향을 끼칠 수 있는 존재이기 때문이지.
혼자서 지구상의 모든 몬스터를 몰아내는 것도 가능한 것이 바
로 나다!"

세현이 그런 재한을 보며 자신만만한 표정을 지었다.

"까짓것, 원하기만 하면 미국, 중국, 일본의 의심 길드를 그냥
뒤엎을 수도 있다. 하지만 무고한 피해는 낼 수 없으니까 일단
은 내가 가서 살펴보마."

세현은 탁상공론보다는 행동을 선택했다.

후지산 신풍 길드

세현은 재한에게 후지산 쪽 지역 방어를 맡고 있는 길드에
대한 정보를 받자마자 곧바로 대한해협을 넘었다.

세현은 말 그대로 바다를 날아서 건넜다.

광범위의 에테르 인지가 가능해진 것은 물론이고 인지 가능
한 범위 안의 에테르를 제 마음대로 쓸 수 있는 경지가 초인이
었다.

더구나 그렇게 범위 안의 에테르를 원하는 대로 가공이 가능
하다는 것은 상상력에 따라서 그 결과가 천차만별이다.

세현은 아이아어니를 만나기 위해 움직일 때 사용한 이동 방
법을 무척 마음에 들어 했다.

원거리를 이동하는 데 최적의 방법이고 음속을 가볍게 돌파

해서 어마어마한 속도를 낼 수 있으니 얼마나 좋은가.

몸을 감싸는 구형의 막을 진공 상태의 앞쪽으로 빨려들게 한다는 아주 기본적인 착상에서 나온 방법이지만, 그것이 초인의 에테르 운용과 더해지면 몇 분 사이에 대한해협을 넘어 동경 근처의 후지산까지 닿을 수 있었다.

세현은 후지산에 가까워지자 스스로의 존재감을 감추고 허공에 떠서 주변을 살폈다.

후지산은 몬스터가 지구에 나타나던 초기부터 몬스터들의 구역이 되어 있는 곳이었다.

대체로 몬스터들은 사람이 없고 자연 환경이 풍요로운 곳에 자리 잡은 경우가 많았다.

후지산도 충분히 그런 조건을 충족하는 장소였다.

세현이 살피고자 하는 길드는 후지산과 동경 사이를 방어하고 있는 신풍 길드였다.

신풍은 사비카세, 혹은 기미기제 등으로 많이 알려져 있는 이름인데 길드가 우후죽순으로 생기던 초창기에 그와 같거나 유사한 이름을 택한 경우가 많았다.

그런 길드들은 시간이 흐르면서 자연히 도태되거나 혹은 같은 이름, 혹은 비슷한 이름의 길드들과 통합되었다.

후지산 신풍 길드는 후지산의 몬스터로부터 수도인 동경을 지키는 명문 길드라고 할 수 있었다.

때문에 일본에서는 제법 명성도 있고 존경도 받는 길드.

그런데 그런 길드에서 이면공간 전송기를 이용해서 크라딧을 지구로 끌어들이는 일을 하고 있다니 꼭 확인해야 할 문제였다.

"어떻게 생각하십니까?"

"뭐가 말이오?"

후지산 신풍 길드의 거점 방어본부에서 전투원들을 이끌며 방어전투를 이끌고 있는 부길드장 호소카와가 히네노라는 이름의 남자와 이야기를 나누고 있었다.

호소카와 부길드장은 히네노의 의견을 물었고, 히네노는 무심하게 반문을 던진 것이다.

히네노는 얼굴이 둥글고 검은 원숭이상의 인물이었다.

"진강현이 나타났다고 하지 않았습니까?"

호소카와 부길드장이 본론을 꺼냈다.

"그것이 우리와 무슨 상관이 있겠습니까? 진강현, 그는 이미 오래전에 잊힌 사람일 뿐입니다. 그가 다시 나타났다고 해서 우리의 대업에 방해가 될 일은 없습니다."

히네노는 얼굴에 표정을 드러내지 않았다.

둥글고 주름이 약간 있는 히네노의 검은 얼굴은 마치 면구를 쓰고 있는 것처럼 굳어 있었다.

"그야 그렇겠습니다만, 전해진 바로는 에테르 코어와 행성 코어에 얽힌 상관관계에 대한 이야기도 있다 하지 않았습니까."

히네노는 문제가 없다고 말하지만 호소카와는 생각이 다르다는 듯이 다시 말을 이었다.

"그것은 진강현과 연관된 문제가 아니겠지요. 문제는 진강현이 아니라 진세현입니다. 확인은 되지 않았지만 그 진세현이란 자가 초인이 되었다는 소리도 있는 것 같던데, 그건 확인이 되었습니까?"

히네노는 진강현의 문제보다 초인에 대한 확인이 더 급하다고 여기고 있었다.

"어떻게든 알아보려 애를 쓰고 있기는 합니다만 미래 길드에 파고들 틈이 없습니다. 그나마 우리에게 호의적인 자들이 도움을 주긴 하지만 그 문제까지 확인해 주기엔 모자란 점이 많습니다."

"하긴, 한국도 못한다, 못한다 하면서도 조금씩 우리의 손발을 잘라내는 데 힘을 쓰기는 했지요. 그게 아니면 예전부터 꼬리를 흔들던 개들이 우리 손을 벗어났거나."

히네노의 목소리에는 불쾌감이 깃들어 있었다.

하지만 여전히 그의 얼굴은 표정 변화가 없었다.

호소카와 부길드장은 그런 히네노의 얼굴을 보며 속으로 바짝 긴장하고 있었다.

히네노는 배반의 크리스마스 실험 이후로 얼굴 부분이 에테르 기반 생명체의 생체 구조로 변한 인물이었다.

그리고 당연하다는 듯이 히네노의 정신과 영혼은 에테르 기반 생명체의 그것으로 변했다.

그런 사실을 호소카와 역시 알고 있었다.

사실 크라딧에게 협조하는 많은 이들은 크라딧이 에테르 기반 생명체에게 잠식당해서 몸의 구성 자체가 에테르 기반으로 바뀌었음을 알고 있었다.

그리고 크라딧에 협조하는 이유가 바로 거기에 있었다.

에테르 기반 생명체의 경우 세포의 수명이 없다는 것이 지금 크라딧을 따르는 지구 소속 길드 수뇌들이 가장 중요하게 여기는 부분이었다.

세포에 따로 수명이 없다는 것은 그 세포로 이루어진 생명체의 수명이 정해지지 않았다는 말과 같았다.

영생.

사실상 크라딧들이 지구의 길드들을 끌어들이는 데 사용한 가장 큰 패가 그것이었다.

배반의 크리스마스 실험을 통해서 신체 일부를 에테르 신체 구조로 바꾸게 되면 시간이 지나면서 접차 몸이 에테르 신체로 바뀌게 되고, 그렇게 되면 영생을 한다.

이것이 크라딧의 주장이고, 크라딧이 따르는 이들이 원하는 핵심 내용이었다.

영원한 삶.

가진 것이 많은 이들 중에서 누가 이것을 외면할 수 있을까.

거기다가 사람들을 더욱 혹하게 만드는 것은 그렇게 에테르 기반 생명체로 변하게 된다고 해도 개개인의 정체성은 변화가 없다고 하는 부분이었다.

이것이 일반적으로 알려진 부분과 차이가 나는 것인데, 세현이나 진강현 등이 보기에 에테르 생체 구조를 지니며 잠식당한 이들은 본래의 자신을 잃는 것처럼 보인다.

하지만 크라딧들의 주장은 전혀 달랐다.

자신들은 이전과 다를 바가 없으며 바뀌는 것은 다만 신체적인 변화뿐이라는 주장이었다. 사실상 크라딧에 협조하는 길드의 지휘부는 바로 그 점에서 회유를 당했다고 봐야 했다.

영생을 얻을 수 있는 길이 열렸다고 믿었으니까.

"하지만 이건 중요한 문제입니다."

히네노가 다시 입을 열었다.

"초인이 정말 그렇게 대단한 존재입니까?"

호소카와는 이해가 되지 않는다는 표정으로 확인하듯 물었다.

"초인 하나가 행성 하나를 좌지우지할 수 있습니다. 그가 정말로 초인이 된 것이라면 우리에겐 큰 위협이 될 수밖에 없습니다."

"저는 솔직히 이해할 수 없습니다. 크라딧이라고 불리는 신인류는 사실상 축복이나 다름없는 것 아니겠습니까? 영생을 할 수 있는 방법이 있는데 어째서 그게 문제가 되는지 모르겠습니다."

호소카와는 크라딧이 떳떳하게 활동을 시작해야 한다는 생각을 가지고 있었다.

공식적으로 크라딧의 신체 변화를 널리 홍보하며 그와 동시에 영생에 대한 것을 알리면 지구의 인류 전체가 새로운 전기를 맞이하며 거듭나게 될 거라고 믿었기 때문이다.

"또 그런 소리를 하는군요. 아직은 시기상조라 하지 않았습니까."

하지만 호소카와의 그 말에 히네노가 살짝 격앙된 음성을 냈다. 에테르 기반 생체 구조를 지니게 된 크라딧들은 그들이 주장하는 것처럼 온전한 정신과 영혼을 유지하며 변하는 것이 아니었다. 신체의 일부일 경우에는 그리 문제가 되지 않지만, 일정 이상의 신체를 잠식당하면 그때부터 정신과 영혼에도 영향을 받는다.

그래서 결국은 본래의 자신이라고 할 수 없는 새로운 자아로 변하게 되는 것이다.

그렇기 때문에 크라딧들도 쉽게 자신들을 드러내고 검증을 받을 수 없었다. 그나마 신체의 일부만 변화된 상태로 제정신을 유지하는 이들을 전면에 내세우고 완벽하게 새로운 자아를 정착한 이들이 배후 조종을 한다.

그리고 그사이에 정체성과 영혼의 혼란을 겪는 이들은 따로 격리해서 관리하면서 결국 온전하게 에테르 기반 생명체의 정신과 영혼으로 거듭나면 밖으로 나온다.

크라딧 사이에서는 그 과정을 신체와 영혼의 성장기라고 하며 극비로 다루고 있었다.

그래서 일반 크라딧도 자신들이 그 과정에 들어가게 되기를 희망하며, 그 과정을 거치면 더 나은 능력을 얻게 되어서 지위가 높아진다고 믿었다.

크라딧이 주장하는 내용 중에 그런 허점이 있기 때문에 호소카와 같은 이들의 생각은 실현될 수가 없는 것이다.

에테르를 기반으로 하는 생체 구조를 얻어서 영생을 얻는 것이 아무리 좋아도 결국 자신을 잃게 되는 것이라면 생각을 달리해 볼 수밖에 없다.

호소카와는 히네노가 말하는 시기상조란 것이 불만이었지만, 크라딧에 대한 지구 인류의 적대감이 강렬한 만큼 어쩔 수 없이 수긍하고 기다리는 입장이었다.

이번에도 호소카와는 히네노의 질책에 살짝 아쉬운 표정으로 물러났다.

"그런데 한 가지 궁금한 것이 있습니다."

대신에 그동안 흉중에 담아두고 있던 것을 물어보기로 했다.

"뭡니까?"

"전송 장치를 이용해서 지구로 들어온 신인류 대부분이 후지산 안으로 들어갔는데 그들은 어디에 있는 것입니까?"

호소카와의 말대로 그들 후지산 신풍 길드는 후지산 안쪽에 이면공간 전송 장치를 설치해 크라딧들을 지구로 들어오게 했다.

그런데 이상한 것은 그렇게 지구로 건너온 크라딧 중 대부분이 후지산 안쪽 몬스터들의 영역으로 들어가서는 돌아오지 않고 있었다.

신풍 길드는 크라딧들이 신분을 숨기고 활동할 수 있도록 새로운 전투부대까지 편성하는 등 여러 준비를 했는데, 실제로 크라딧들은 후지산으로 모습을 감췄다.

계획이 무산된 것이야 문제가 아니지만 그렇게 후지산으로 들어간 이들이 종적이 완전히 사라졌으니 궁금할 수밖에 없었다.

"그들이 이곳에 남아 있는 것이 더 문제가 될 뿐, 그들이 사라진 것이 신풍 길드에 폐가 될 일은 없을 듯한데요?"

히네도가 그런데 무슨 이유로 그것을 알고자 하느냐는 듯이 호소카와를 쳐다봤다.

표정이 굳어진 히네노.

배반의 크리스마스 실험 직후에 머리 부분이 에테르 생체 구조로 변하면서 초창기에 에테르 기반 생명체로 거듭난 인물.

그는 온전히 몸과 정신이 변하지 않은 이들은 동족으로 보지 않았다.

그런 이들은 오로지 이용 가능한 도구일 뿐이었다. 지금 눈앞에 있는 호소카와 역시 히네노가 보기엔 쓰기 좋은 도구일 뿐이었다.

이후 자신처럼 변하게 되면 그때는 동족이라 생각할 것이다.

"대업을 위해서 뭔가 하고 있을 거라 믿습니다. 어쩌면 전에 이야기하신 그 일, 그러니까 지구의 행성 코어의 변화를 이끌어 내기 위한 일에 참가를 했을 수도 있겠지요."

호소카와는 내심 자신이 짐작하고 있는 바를 이야기했다.

지구의 행성 코어는 에테르 생체 구조를 지닌 신인류에게 적대적이다.

그래서 그것을 바꾸어서 신인류가 지구에 정착할 수 있도록 할 필요가 있다고 호소카와는 들어 알고 있었다.

그러니 지구로 들어왔다가 사라진 신인류들이 그 일에 투입되었을 가능성이 무척 높다고 본 것이다.

"솔직히 지금 당장 우리 신인류가 지구에 정착하는 것은 별로 중요하지 않습니다. 적당히 신분을 감추고 섞여 살면 되는 문제지요. 하지만 행성 코어의 반발을 해결하지 않으면 결국 우리 신인류는 지구 행성 코어의 적대적인 공격을 받을지도 모릅니다. 행성의 의지가 우리를 거부하면 우리는 지구를 떠나야겠지요. 그러니 행성 코어의 허락을 얻는 것은 중요한 일입니다."

히네노는 행성 코어의 허락을 얻는다고 했다.

하지만 실제로는 행성 코어를 공략하고 있는 에테르 코어에게 힘을 실어주려는 것이었다.

그 때문에 크라딧 중에서도 뛰어난 이들이 지구로 들어와서 어디론가 가 있었다.

"그러니까 그들이 모두 그 일을 돕기 위해 이동했다는 겁니까? 제가 생각하던 대로요?"

호소카와가 들뜬 목소리로 물었다.

"그렇습니다. 호소카와 부길드장에게 숨길 것은 없으니 말씀을 드리는 겁니다."

"아, 그렇습니까?"

"네. 우리 신인류 중 대부분은 지금 지구의 행성 코어가 있는 또 다른 이면공간에 들어가 있습니다. 그곳에서 어떻게든 지구의 행성 코어를 설득하려 애쓰고 있지요."

설득이 아니라 공략이지만 굳이 사실대로 말할 이유가 없다고 생각하는 히네노였다.

"그거, 나도 관심이 생기는데? 행성 코어가 있는 곳으로 들어갔다고?"

그때, 히네노와 호소카와 둘만이 있던 공간에서 전혀 낯선 음성이 들렸다.

"누, 누구냐!"

"헛!"

히네노와 호소카와가 놀라서 반응하려 했지만 그들은 손가락 하나 까딱할 수 없었다.

그런 그들 곁으로 세현이 모습을 드러냈다.

Chapter 5

결국 쫓아갈 수밖에 없다

세현은 히네노와 호소카와의 이야기를 모두 들었다.

그리고 후지산의 신풍 길드가 크라딧의 협력자 노릇을 하고 있으며, 그들이 이면공간 전송기를 운용하고 있다는 사실도 알 수 있었다.

그런데 그보다 더 중요한 것은 지구로 잠입한 크라딧들이 지구의 행성 코어가 있는 곳으로 들어갔다는 것이 문제였다.

사실 지구 자체의 표면적인 문제는 지금 당장 세현이 나서서 뛰어다니기 시작하면 시간의 문제일 뿐 해결이 가능할 것이다.

또 다른 초인이 에테르 기반 생명체 쪽이나 혹은 크라딧에서 나타나지 않는 이상 지구상에서 세현을 막을 수 있는 이는 없었다.

하지만 문제는 지구의 행성 코어였다.

지구에 도착한 후로 세현은 지구의 행성 코어와 접촉하려 했다.

어떻게든 지구 행성 코어를 찾아서 도와야 했다.

그래서 지구로 에테르 기반 생명체가 들어오는 상황을 원천 봉쇄하지 못하면 세현이 아무리 지구의 표면적인 문제를 해결한다 하더라도 다시 시간이 흐르면 재발할 뿐이다.

"나도 혹시나 했어. 크라딧이 지구의 행성 코어와 직접 접촉할 방법을 알고 있을 거라곤 믿기 어려웠는데 말이지."

세현이 히네노를 바라보며 말했다.

"네가 진세현이냐?"

세현이 신체의 구속 일부를 풀어주자 히네노가 곧바로 물었다.

"맞아. 내가 진세현이야. 내가 대답했으니 그쪽도 대답을 좀 해주겠나? 지구의 행성 코어와 접촉한 것이 사실인가?"

"말하지 않겠다."

세현의 물음에 히네노는 대답을 거부했다.

"죽음이 두렵지 않은가?"

세현이 그런 히네노에게 물었다.

"……"

"내가 누군지 알아내는 것으로 할 일을 다 했다고 생각하는 건가? 혹시 텔레파시 능력을 지니고 있나? 그래서 지금 나에 대한 정보를 동족들에게 보내는 중인가?"

세현이 히네노의 침묵을 바라보며 혹시나 하는 생각에 물었다. 하지만 히네노는 무표정한 얼굴로 세현을 바라볼 뿐이었다.

그 눈빛에는 강렬한 살의(殺意)가 깃들어 있을 뿐, 다른 어떤 인간적인 감정도 담겨 있지 않았다.

"확실히 너는 인간이 아니구나."

세현이 히네노를 보며 말했다.

"너는 에테르 기반 생명체야. 다른 생명들에게 극도의 증오를 지니고 있는 존재. 특히 이성을 지닌 존재들에 대한 증오와 말살의 의지를 지닌 존재. 너는 그 에테르 기반 생명체다. 그건 확실해."

세현이 그렇게 말하며 호소카와를 바라봤다.

"당신은 어떻게 생각하지?"

세현이 히네노의 몸을 움직이지 못하게 만들며 호소카와의 신체 구속을 조금 풀어주었다.

"뭐, 뭘 말이냐?"

호소카와는 신풍 길드의 방어본부에서도 심처라 할 수 있는 이곳까지 흔적도 없이 침투해서 자신과 히네노를 꼼짝 못하게 구속한 세현에게 두려움을 느끼고 있었다.

"내가 보기에 이것은 인간이 아니야. 그저 인간의 탈을 쓴 에테르 기반 생명체이지. 그런데 그런 존재와 손을 잡은 당신, 내가 당신을 어떻게 이해해야 할까?"

"신인류는 에테르 기반 생명체의 몸을 가지고 있지만 영혼과 정신은 인간 그대로의 것이다. 고작 몸이 바뀌었다는 이유로 적대할 이유가 뭐란 말이냐?"

세현의 말에 히네노는 격렬한 반응을 보였다.

"하핫! 뭐? 신인류? 그게 지금 크라딧, 아니, 여기 있는 이런 종자를 말하는 건가?"

세현이 히네로를 가리키며 호소카와에게 물었다.

"신인류는 영생을 할 수 있는 완전한 신체를 지니고 있는 인간의 새로운 진화종이다! 그것도 오랜 시간을 두고 이룩해야 하는 진화가 아니라 일순간 평범한 인간에서 엄청난 에테르 운용 능력을 지닌 존재로 거듭나는 진화, 거기에 영생이 가능하다. 그게 뭐가 문제란 거냐?"

호소카와는 다시 한 번 세현에게 호통을 쳤다.

세현은 그런 호소카와의 눈앞으로 히네노의 얼굴을 들이밀었다.

"허헉!"

순간 호소카와의 입에서 놀란 경악성이 토해졌다.

"네가 보기엔 이것이 네가 말하는 신인류로 보인단 말이냐? 다른 것은 몰라도 이 눈빛 속에 들어 있는 맹목적인 살의를 알아보지 못한다는 말이냐? 너는 이 살의가 나에게로만 향하는 것이라 생각하는 거냐? 이것은 몬스터나 마가스, 폴리몬을 상대할 때 종종 보던 그 눈빛이다. 그것들, 에테르 기반 생명체가 다른 종들에게 가지는 말살의 의지를 너는 모른다는 거냐?"

"아니야! 거짓이야……. 히네노, 말을 해보시오! 정말 그런 거요? 신인류가 정말 저자의 말대로 그런 것이오? 당신은 정말 히네노가 아니라 전혀 다른 존재가 된 거요?"

히네노의 악의에 찬 눈빛을 마주한 호소카와는 하늘이 무너지는 듯한 느낌을 받았다.

영생을 얻을 수 있다는 생각으로 크라딧을 받아들이고 협조하는 것이지, 인류를 배반하기 위해서 그들을 돕는 것이 아니었다.

결과적으로는 인류의 배신자가 되더라도 높은 능력과 함께 영생을 얻을 수 있다면 그것을 얻고자 했을 뿐이다.

그런데 신인류가 된다는 것이 실제론 자신의 존재가 사라지고 무언지 모를 것이 자신을 대신하는 것이라면 크라딧에 협조한 것은 최악의 선택이었다.

히네노는 아무 반응도 보이지 않았다

사실 히네노는 세현에게 제압된 순간부터 자신이 할 수 있는 일이 없다는 사실을 깨달았다.

초인이 아닌 이상 히네노 자신의 능력은 어떤 경우에도 변수가 될 수가 없다는 것을 스스로 알고 있었다.

그래서 그나마 궁금하던 것, 세현의 정체를 확인하는 것만 하고는 모든 것을 포기한 상태였다.

세현이 짐작한 것처럼 텔레파시를 이용해서 동족에게 정보를 보내는 것도 아니었다.

그저 세현에게 아무런 정보도 주지 않겠다는 생각과 함께 어떻게든 스스로 죽어서 동족들에게 누가 되지는 말아야겠다는 생각을 하고 있을 뿐이었다.

"몇 명이나 넘어왔지?"

세현이 호소카와에게 물었다.

"말해줄 것 같으냐?"

호소카와는 모든 것을 잃은 표정으로 대꾸했다.

"말하지 않겠다면 다른 쪽으로 알아보면 될 일이다. 어차피 너는 그것들이 어디로 갔는지도 모르는 신세 아닌가? 네가 내놓을 수 있는 정보라곤 고작해야 그것들이 얼마나 들어왔는가 하는 것뿐이지. 그리고 그건 다른 놈들도 알고 있겠지."

"주, 죽이겠단 말이냐?"

"에테르 기반 생명체는 인류 전체의 적이다. 그리고 네가 협조한 놈들은 바로 그 에테르 기반 생명체들이지. 저것들은 실험 이후로 조금씩 신체를 잠식하다가 결국은 정신과 영혼까지 잡아먹고 나서 완성된 것이다. 새로운 종류의 에테르 기반 생명체라고 해야겠지."

세현이 히네노를 가리키며 계속 말을 이었다.

"그리고 그런 것에 동조해서 인류 전체를 위험하게 만든 너를 살려줘야 할 이유가 있나?"

"아니다. 절대 그런 것이 아니었다. 신인류는……."

호소카와는 어떻게든 변명하려 했지만 그때마다 히네노의 까만 눈동자가 그의 변명을 가로막았다.

그의 눈앞에 있는 히네노는 그가 보기에도 인간으로 보이지 않았다.

그것은 원초적인 느낌이었다.

"나는, 아니, 우리는 속았을 뿐이다! 저것들이 말하는 대로 몸만 바뀌는 거라고 생각했다! 이 몸만 바꾸어서 막강한 능력을 지니고 아울러서 영생을 할 수 있다고 믿었단 말이다! 나에겐, 아니, 우리에겐 잘못이 없어! 속인 쪽이 나쁜 거잖아, 속은 우리가 아니라!!"

호소카와의 목소리가 점차 높아졌다.

하지만 그런 그의 변명은 세현의 귀에 닿지 않았다.

아무리 변명을 해봐야 욕심에 눈이 멀어 인류 전체를 위험하게 만들었다는 사실이 없어지는 것은 아니었다.

"나도 네가 속았다는 사실은 인정한다. 그런데 물어보자, 만약에 네가 말하는 그런 능력과 영생을 얻을 수 있는 사람의 수가 한정되어 있다면 네가 인류 대다수를 배신하지 않았을까? 너희 크라딧의 협력자 놈들이 바로 그런 놈들이다. 자신의 이익을 위해서 인류 전체를 버리는 놈들. 속아서 한 잘못은 어떻게든 용서해 주마. 하지만 너희의 욕심으로 저지른 잘못은 어쩌겠는가?"

그렇게 묻는 세현의 눈빛에 담담한 결단이 떠올랐다.

"자, 잠깐. 시, 신인류가 후지산으로 갔다! 지금까지 5천 명 정도가 들어갔고, 하루에 열에서 스물 사이의 인원이… 허어억!"

세현이 자신을 죽이려 한다는 사실을 깨달았는지 신인류에 대해 자신이 알고 있는 모든 것을 떠들기 시작한 호소카와는 눈앞에서 폭발하듯 뻗어오는 히네노의 기세에 심장을 움켜잡았다.

히네노가 마지막 힘을 다해서 몸 주변의 에테르를 움직여 호소카와를 죽이려 한 것이다.

하지만 그 시도는 성공하지 못했다.

이미 세현이 그 낌새를 차리고 기다리다가 호소카와가 죽지 않을 정도로 히네노의 공격을 줄인 탓이다.

"그르르르륵, 그르륵!"

키에에에에, 쿠롸롸롸락, 쿠락! 쿠롸아아아라―!

호소카와를 공격한 히네노는 목에서 피가 역류하며 기괴한 소리를 내다가 결국에는 에테르 기반 생명체들의 언어로 뭔가를 떠들다가 생명의 기운이 사라졌다.

"하아, 하아, 하아! 어, 어떻게……."

호소카와는 히네노의 죽음 앞에서 망연자실했다.

그는 히네노가 자신을 공격했다는 사실을 알았지만 그보다는 방금 죽은 히네노의 몸이 에테르로 흩어져 사라지는 모습에 더욱 놀랐다.

"특이하군."

세현은 히네노가 사라진 허공을 응시하며 말했다.

세현이 바라보는 것은 히네노가 죽고 그의 몸이 흩어지며 나온 에테르였다.

지금까지 보아온 에테르 기반 생명체들은 이면공간에서 죽을 때 일정 시간이 지나야 에테르로 흩어졌다.

하지만 그 에테르가 천공기사나 헌터가 사용하는 에테르나 세상에 흩어져 있는 에테르와 비교해서 특이한 점이 있는 것은 아니었다.

그런데 지금 세현이 죽인 크라딧은 즉각 소멸되었으며, 에테르도 다른 에테르 기반 생명체와는 달랐다.

그냥 세상의 에테르와 섞여 흩어졌다면 세현도 알아내기 어려웠겠지만 눈앞에서 에테르로 변하는 모습을 직접 보고 있으니 초인의 감각이 그 차이를 확연히 잡아냈다.

세현은 의지를 일으켜 조금 전까지 히네노이던 에테르를 하나로 뭉쳐 다른 에테르와 섞이지 않게 만들었다.

그리고 손을 내밀어 그것을 잡았다.

투명한 구슬처럼 뭉친 에테르가 세현의 손에 잡혔다.

"이걸 뭐라고 불러야 하지?"

세현은 특이한 에테르 덩어리를 손 안에서 굴렸다.

손 안에서 구르는 에테르는 자꾸만 세현의 몸 안으로 스며들어 오려고 했다.

세현이 주목한 것이 이것이었다.

크라딧, 즉 배반의 크리스마스 실험으로 에테르 생체 구조를 지닌 히네노가 죽고 나서 나온 에테르는 기이하게도 다른 생명체에게 들러붙으려는 성질이 무척 강했다.

물론 세현이 억지로 묶어놓지 않았다면 대기를 타고 여기저기 희석되어 사라졌겠지만 결국 작게 나누어진 에테르라도 어떤 것이건 생명에 들러붙었을 것은 분명했다.

세현은 손에 쥐고 있는 에테르 덩어리를 세밀하게 살폈다.

세현이 걱정하는 것은 한 가지였다.

이 크라딧의 에테르가 혹시나 전염성을 지니고 있어서 다른 생명체들에게 들러붙고 에테르 기반 생명체로 만드는 것은 아닌가 하는 것이었다.

만약 그런 일이 일어나면 크라딧을 죽이는 것도 신중을 기해야 할 일이었다.

죽은 크라딧이 에테르로 흩어지고, 그 에테르가 마치 병균처럼 지구상의 생명체에게 깃들어 결국에는 에테르 기반 생명체로 변화시킨다면 얼마나 무서운 일인가.

[음음. 그거 좋아. 아주 좋은 거야! 나 줘. 응? 나 줘.]

그런데 갑자기 '팥쥐'가 세현에게 그 에테르를 달라고 나섰다.

[……!]

그리고 그것은 콩쥐도 마찬가지였다.

[콩쥐 혼나! 언니가 먼저야! 가만히 있어!]

[……!]

[시끄러! 음음! 혼나! 너!]

[…….]

콩쥐가 잠시 반항을 해봤지만 결국 제압되고 말았다.

[음, 그거 줘. 세현! 그거 좋아!]

그리고 '팥쥐'는 다시 세현에게 히네노의 에테르를 요구했다.

"이게 좋다고? 어떤 면에서?"

세현이 물었다.

[음. 오래오래 가지고 있을 수 있고, 쉽게 다룰 수 있어. 음음. 아주 좋아. 특별하게 좋아. 좋은 기운이야!]

'팥쥐'가 말했다.

세현은 잠깐 갈등했다.

사실 지금도 히네노의 에테르는 계속 세현의 몸으로 흡수되려고 하는 중이다.

그것은 어떤 의지의 작용이 아니라 그 히네노 에테르가 지닌 특성 같은 것이었다.

생명체와 접촉하면 그 생명체에게로 흘러드는 성질.

물론 세현은 그 이후를 걱정해서 주저하고 있었지만 막상 뭉쳐 놓은 에테르 덩어리를 처리할 방법은 찾지 못하고 있는 중이다.

'그럼 이거 밖으로 흘리지 않고 잘 가지고 있어야 한다?'

[음음음!! 좋아. 음! 그렇게 할 거야. 음음.]

세현은 '팥쥐'에게 그렇게 약속을 받고 히네노의 에테르를 천공기 안으로 밀어 넣어주었다.

'팥쥐'는 그것을 어느 순간 감쪽같이 흡수해서 갈무리해 버렸다.

그 모습에 살짝 이유 모를 아쉬움을 느끼는 세현이었다.

후지산으로 들어간 크라딧을 추적하다

세현은 호소카와를 처리했다.

천공기를 사용하는 이들은 이면공간이라는 훌륭한 도피처를 가지고 있었다.

아무리 초인이라고 하더라도 이면공간을 넘어서 몸을 감춘 자를 찾기는 어렵다.

더구나 호소카와는 후지산 신풍 길드의 간부로서 많은 죄를 지었다.

개인이 개인을 단죄하는 것이 올바른가 하는 문제는 이젠 세현이 신경 쓸 단계가 아니었다.

에테르 기반 생명체의 지구 출현과 동시에 세상의 윤리와 법은 그 잣대가 바뀌고 있는 중이었다.

하지만 세현이 호소카와를 처단한 것은 윤리와 법을 따질 문제가 아니었다. 호소카와가 이면공간으로 도망가면 잡기 어렵다는 것도 문제였고, 그가 세현에 대해서 어느 정도 알게 된 것은 더 큰 문제였다.

호소카와는 그의 사무실에서 히네노와 함께 조용하게 실종된 것으로 처리되었다.

뭔가 문제가 발생했다는 것이지만, 그것만으로는 세현의 짓으로 판단할 근거는 어디에도 없었다.

세현은 호소카와를 몬스터가 많던 이면공간으로 옮겨놓고는 곧바로 후지산 중심으로 향했다.

가기 전에 이면공간 전송 장치를 파괴하는 것은 당연한 일이었다.

신풍 길드에선 그 장치를 몬스터들의 영역 깊은 곳에 설치하고 따로 관리하고 있었지만, 초인이 된 세현의 눈을 피하진 못했다.

그 후 세현은 크라딧이 향했다고 한 후지산 중심 쪽으로 움직였다.

초인의 에테르 운용 능력은 일반인들과는 확연한 차이기 있었다.

다룰 수 있는 에테르의 양에서 엄청난 차이가 있기도 하지만 에테르를 다루는 세밀함이나 변형 능력, 순간적인 적용도 등도 말할 것이 없었다.

때문에 초인들이 마음먹고 스스로의 기척을 감추고자 한다면 같은 초인이 아니고선 찾기 어려웠다.

그래서 세현은 몬스터들이 우글거리는 후지산을 유유자적

돌아다닐 수 있었다.

허공을 부유하듯 움직이는 세현의 모습을 누가 봤다면 같은 인간이라고 생각하기보다는 새로운 몬스터의 한 종이거나 혹은 이종족으로 봤을 것이다.

[좋아. 음음. 좋아. 온몸이 햇빛 먹은 이슬에 폭 젖은 것 같아. 음음음!]

'팥쥐'는 히네노의 에테르라고 세현이 이름을 붙인 그것에 대한 찬양을 쉬지 않았다.

그것을 흡수한 후로부터 계속 이러고 있는 중이다.

'그렇게 좋으냐?'

[음음! 온몸이 깨끗하게 씻기는 느낌이야. 음음음.]

'팥쥐'가 다시 한 번 기쁨을 감추지 않고 의지를 전달했다.

'그래그래.'

세현은 '팥쥐'에게 심드렁한 반응을 보이면서도 그 히네노의 에테르에 대해서 다시 생각했다.

'혹시 에테르가 아닐지도 모르겠군.'

세현의 생각은 거기까지 이르렀다.

요즈음 초인이 된 세현은 세상의 기운 중에서 에테르가 아닌 것도 다수 존재한다는 사실을 알게 되었다.

세현이 보기에 에테르는 세상의 기운이 조금 특별하게 가공된 에너지 같았다.

그 말은 에테르 이전의 순수한 기운도 있다는 소리여서 세현은 그 근원의 기운이 몇 가지 에너지로 바뀌었다는 결론을 내렸다.

결국 에테르는 그런 몇 가지 기운 중의 하나인 것이다.

*　　　　*　　　　*

우우우우웅, 우우우웅.

어느 순간 세현은 허공에 멈춰 서서 손을 내밀어 손바닥 위에 뭔가를 뭉쳤다.

그것은 에테르가 아닌 다른 종류의 기운이었다.

그런데 분명히 에테르가 아님에도 세현의 통제에 따라서 에테르와 비슷한 효과를 냈다.

화르르르륵, 쩌저엉! 파지지지직! 휘리리리링!

불타고, 얼어붙고, 전기를 뿜고, 바람을 만드는 등 자유자재로 변하는 그 기운은 지금도 세현의 손바닥 위에서 세현이 원하는 대로 변하고 있었다.

'이걸 보면 분명히 이것 역시 에테르와 비슷한 어떤 것이라고 볼 수 있지. 문제가 있다면 그 양이 무척 적다는 걸까?'

세현이 손 위의 기운을 다시 세상으로 흩어 보내며 머리를 흔들었다.

지금은 후지산을 더듬고 있는 목적에 충실할 때였다.

세현이 후지산의 남쪽 사면을 훑으며 지나가다가 그것을 발견한 것은 조금 전까지 에테르가 아닌 다른 기운에 대해서 신경을 쓴 이유 때문이었다.

그것은 다른 곳에 비해서 기운이 고여서 멈춰 있는 듯한 곳을 세현의 감각이 잡아냈다.

평소엔 에테르와 연관이 없는 것이라 크게 생각지 않고 지나쳤을 일이다.

하지만 조금 전에 기운의 근원과 그것이 몇 가지 종류로 분화된 것에 대해서 생각하던 세현이라 호기심에라도 그것을 신경 쓰지 않을 수 없었다.

그래서 후지산 수색 중에 잠깐 짬을 내자는 생각으로 간 것인데, 거기서 세현은 놀라운 것을 발견했다.

일반인들의 눈에는 보이지 않을 것.

하지만 초인이 된 세현에겐 확연하게 보이는 소용돌이.

지유에선에서 본 테멜의 입구와 비슷하지만 맑고 투명한 색을 지니고 있는 기운의 소용돌이가 거기 있었다.

세현은 직감적으로 그것이 이면공간이나 테멜처럼 현실과는 다른 또 다른 공간으로 통하는 길임을 알아차렸다.

'이게 뭘까?'

[음음. 몰라. 하지만 좋은 거야!]

'끝쥐'는 그것에 대해서 호감을 표현했다.

'좋은 거?'

[음음. 세현이 내게 준 그거랑 비슷해. 음음. 그런데 더 좋은 거 같아. 음음.]

세현은 '팥쥐'가 말하는 그것이 히네노의 에테르임을 알았고, 눈앞에 있는 소용돌이가 그와 유사한 기운으로 이루어져 있어서 '팥쥐'가 좋아한다는 것을 알았다.

세현은 그 새로운 입구 앞에서 한참을 망설였다.

이대로 홀로 들어갈 것인가, 아니면 팀 미래로를 이끌고 갈 것인가.

잠깐 망설이던 세현은 곧바로 미래 필드로 이동했다. 그전에 이곳의 좌표를 '팥쥐'에게 기억하게 하는 것은 당연한 일이었다.

그렇게 미래 필드로 들어간 세현은 곧바로 재현을 호출했다.

*　　　　*　　　　*

"그러니까 크라딧들이 그곳으로 들어가고 있다는 거냐?"

"내 생각이지만 미국이나 중국에도 이면공간 전송 장치가 있고, 그것을 크라딧이 사용하고 있다면 아마도 같은 일이 벌어지고 있을 것 같아."

"네 생각에 그것을 통하면 행성 코어, 그러니까 지구의 행성 코어가 있는 곳으로 갈 것 같다고?"

"그래. 생긴 것이 테멜의 입구와 비슷한 걸로 봐서는 어쩌면 지구의 행성 코어가 그 공간의 핵으로 있을 가능성이 높아."

"그걸 지금 크라딧들이 공략하고 있다는 이야기네? 우리가 이면공간을 공략해서 이면공간 코어를 손에 넣는 것처럼?"

고재한이 상황을 정리하며 물었다.

"그래. 그래서 팀 미래로를 이끌고 들어가야 할 것 같아."

"으음. 나는 솔직히 반대하고 싶다. 아무리 네가 초인이라고 해도 너 혼자서 뭘 할 수 있는 건 아니다. 팀 미래로를 데리고 간다고 해봐야 수가 얼마 되지도 않고 엄청난 무력을 지니고 있는 것도 아니지 않냐. 신중해야 하지 않겠냐? 차라리 전 세계의 몬스터들을 먼저 정리하는 것이 우선이 아닐까 한다만."

고재한이 세현이 새로 발견된 그곳으로 들어가는 것을 반대했다.

"이곳 상황은 아직 급한 것이 아니야. 지금 당장 지구의 몬스터들이 인류를 크게 위협하는 것도 아니고, 어느 정도는 균형을 맞추고 있어. 정작 위험한 것은 행성 코어지. 아이아어니가 내가 지구에 가게 되면 분명히 행성 코어가 나를 부를 거라고 했는데, 그것도 이루어지지 않고 있다. 어쩌면 그만큼 지구의 행성 코어가 수세에 몰려 있거나 약해진 것일지도 몰라. 만약 행성 코어가 점령당하면 지구는 회복 불능이 될 수도 있어."

"회복 불능이라고?"

"생각해 봤는데 행성 코어가 에테르를 생산하면 그 양이 얼마나 엄청날지 상상이 안 되거든. 그리고 그런 에테르가 지구 전체에 퍼지게 되면 또 어떻게 될까 생각만 해도 끔찍하지. 아마도 지구의 문명은 금세 바닥으로 떨어지고 말 거다. 아직 지구의 에테르 공학이나 마법은 미약한 수준이야. 전자기력을 쓰지 못하게 된다면……."

세현이 굳이 뒷말을 하지 않아도 그 뜻을 모를 사람은 없었다.

재한은 결국 한숨을 쉴 수밖에 없었다.

"그럼 일단 확인부터 해보자. 그리고 형님께도 연락을 하긴 해야지."

재한이 잠깐이라도 세현의 진입을 늦춰보겠다는 듯이 그렇게 말했다.

"확인?"

"너 말고 다른 천공기사들도 그걸 찾을 수 있어야지. 그리고 그게 안 되면 네가 몇 곳에 그런 입구가 있는지 찾아서 알려줘야 하지 않겠냐? 더구나 거길 통과해서 안으로 들어가는 데 무슨 제약이 있는지, 특별한 방법이 필요한지 알 수 없는 일 아니냐."

재한이 조목조목 짚어서 문제를 제기했다.

세현은 자신이 서두르다 놓친 것이 많다는 사실을 인정해야 했다.

"거기다가 너, 형님에게 소식을 전할 수 있는 것도 지금은 너뿐인 거 모르냐? 우린 아직까지 지유에선으로 가는 이면공간 지도를 완성하지 못했어. 중간에 끊어진 부분을 채우지 못했단

소리지. 네가 없으면 투바투보나 지유에선은 갈 수 없는 상황이
다."

재한이 그런 세현을 몰아세우듯 또다시 목소리를 높였다.

결국 세현은 재한이 이야기한 일들을 처리할 때까지 새로운
공간으로의 진입을 늦추기로 결정했다.

*   *   *

"윽!"

심장이 멈추고 뇌 활동이 정지한다.

그러면서도 그는 마지막 순간에 어떻게 그런 일이 벌어졌는
지 이해할 수 없다는 의아함을 떠올렸다.

중국 톈진에서 세력을 굳히고 있던 길드 패왕성의 길드 마스
터의 죽음이었다.

일본과 다르게 중국의 패왕성에선 크라딧이 길드 마스터가
되어 있었다.

중국의 천공기사들은 무협 소설에서 나올 법한 힘의 논리를
내세우며 강자가 주인이 되는 형태의 길드가 많았기 때문에 시
간을 두고 단계를 밟아서 크라딧이 마스터까지 된 것이다.

세현은 일본 다음으로 중국으로 넘어와서 크라딧의 행태를
파악했는데, 일본과 그다지 다를 것이 없었다.

세상에 알려진 길드를 전면에 내세우고 그 길드가 몬스터를

방어하기 위해 마련한 근거지 안쪽으로 이면공간 전송기를 설치한 다음 크라딧을 지구로 불러들였다.

그리고 지구에 도착한 크라딧들은 특별한 경우가 아니면 모두가 소용돌이 통로를 이용해서 어딘지 모를 세상으로 들어갔다.

세현은 패왕성 길드에서 발견한 다섯 명의 크라딧을 남모르게 처리했다.

처리된 크라딧들은 언제나 새로운 형태의 에너지를 남기고 흩어졌고, 세현은 그것을 모아서 '팥쥐'에게 넘겨줬다.

이제 패왕성의 길드 마스터를 마지막으로 정리하고 전송 장치를 파괴하면 한동안 이곳을 통해서 크라딧이 들어오는 일은 없을 터였다.

[음! 좋아, 좋아. 세현, 정말로 좋아! 음음.]

패왕성 길드 마스터가 소멸하며 생긴 기운을 흡수한 '팥쥐'가 잔뜩 흥분한 억양으로 떠들었다.

세현은 이제 그런 반응에는 익숙해져서 그냥 덤덤하게 움직였다.

이면공간 전송 장치를 파괴하고 행성 코어가 있을 곳으로 예상되는 공간으로 들어가는 통로를 확인해야 했다.

"음?"

세현은 이면공간 전송 장치를 파괴하기 위해 전송 장치가 있는 장소에 도착했지만, 전송 장치 대신 한곳을 보고 궁금한 표정을 지었다.

거기에 뭔가가 있었다.

초인인 세현의 감각을 건드리는 무언가가.

"놀라운 일이군. 초인인 건가?"

세현이 바라보던 곳에서 한 사람이 말을 하며 걸어 나왔다.

세현은 그 사람이 크라딧임을 알아보았다.

"원래의 몸은 거의 남아 있지 않았군. 몸 대부분이 에테르 생체 구조야."

세현은 그 물음에 답하지 않고 도리어 상대의 상태를 늘어놓았다.

쩌저저저정!

"크읏! 역시! 혹시나 했는데 역시나 그렇군. 여기서 나는 소멸하겠어."

크라딧의 몸 주변에서 한바탕 에테르의 유동이 일어나며 뭔가 부딪치고 깨지는 소리가 들리더니 크라딧이 신음 소리를 냈다.

세의 불리함을 알고 도주를 시도하다가 실패한 것이다.

"이면공간 전송 장치를 지키기 위해서 너를 보낸 모양이군."

세현이 고통으로 얼굴이 구겨진 크라딧을 보며 말했다.

그 크라딧은 지금까지 세현이 본 몬스터 중에서 세 번째로 강한 상대였다.

투바투보에 나타난 초인 폴리몬과 지유에선으로 가는 중에 만난 초인 폴리몬, 그 둘을 제외하면 가장 강력한 적인 셈이다.

"그래도 날 상대할 수는 없다, 크라딧!"

쿠구구구구구구국!

세현의 의지에 에테르가 반응하며 크라딧을 더욱 강하게 구속했다.

크라딧의 강자를 제압하다

"…대단하군. 초인이란 존재를 듣고서도 믿지 않았는데 지금 보니 확실히 무시할 수 없는 존재임이 분명하네."

고통에 일그러진 얼굴을 하고 허리를 숙인 크라딧이 겨우겨우 몸을 세우며 말했다.

"버틴 건가?"

세현은 몸을 바로 하는 크라딧의 모습에 살짝 놀란 표정을 지었다.

그러면서 또 한편으로는 고개를 끄덕였다.

크라딧들의 에테르 운용 능력은 초인의 그것과 유사하다.

형수인 공아현이 초인이 아니면서 에테르를 쉽게 다루는 것과 같이 크라딧 역시 그러했다.

때문에 에테르를 이용해서 몸을 구속하는 세현의 능력을 어떻게든 조금은 상쇄하는 것이 가능하다면 이해가 되는 것이다.

"진세현! 맞지? 그렇지?"

크라딧이 세현을 보며 물었다.

"맞다."

세현은 굳이 숨기지 않았다.

이미 자신이 초인이니 어쩌니 하는 소문은 널리 퍼진 상태였다. 그런 상황에서 자신 이외에 또 다른 초인이 나타났다는 것은 믿기 어려운 일이었다.

그냥 자신이 초인임을 인정하는 것이 속 편한 일이다.

"어떻게든 너를 죽여야겠구나. 진세현!!"

세현의 긍정에 크라딧이 버럭 소리를 지르며 에테르를 끌어올렸다.

그런 크라딧의 눈빛에 그야말로 타오르는 불길 같은 살의와 증오, 적의가 가득 피어났다.

세현은 그 눈빛에 담긴 의지도 놀랍지만, 자신의 에테르 통제를 뚫고 크라딧이 에테르를 끌어 모으고 있고, 그것을 이용해서 공격을 준비하는 것이 더 놀라웠다.

치리리리릭, 치리릭, 치리릭!

크라딧이 끌어 모은 에테르는 세현의 구속 속에서도 어렵게 움직이며 크라딧의 의지에 따라서 변하고 있었다.

검은색의 창.

크라딧은 결국 그것을 만들어냈다.

그리고 창을 들고 세현을 향해 다가오기 시작했다.

깊게 발자국을 남기며 세현에게 걸어오는 크라딧.

세현은 그 크라딧을 보며 어떻게 해야 할까 잠깐 망설였다.

세현은 허공에 떠 있는 상태이고 크라딧은 땅에 발을 디딘 상태였다.

그가 아무리 세현의 발밑까지 걸어온다 하더라고 창을 던지지 않는 이상은 세현을 공격하기 어려웠다.

물론 창을 휘둘러서 검기나 검강을 날리는 방법이 없지는 않겠지만 그런다고 세현에게 유효한 공격이 되진 않는다.

"쯧!"

세현은 잠시 그런 생각을 하다가 조금씩 다가오는 크라딧을 향해서 의지를 뿜어냈다.

콰드드득! 콰득! 콰득!

크라딧의 몸뚱이가 여기저기 뭉개지기 시작했다.

"크아아아아악!"

고통스러운 비명이 크라딧의 입에서 터져 나왔다.

크라딧이 받는 공통은 어마어마했다.

겉으로 몸이 뭉개지는 것만이 아니라 그의 내부에서도 몸뚱이 전체가 짓뭉개지고 있는 중이었다.

세현의 앙켑스 에테르가 크라딧의 몸 안에서 급격한 움직임을 일으켰기 때문이다.

"너어어어!!"

크라딧이 어떻게든 세현에게 다가가려고 애를 쓰며 소리를 질렀다.

하지만 세현은 그런 크라딧을 다시 한 번 강력하게 응징했다.

콰드득, 콰득, 퍼벅!

털썩!

결국 크라딧은 천산 계곡의 바위 위에 쓰러지고 말았다.

"적이 뭔가를 하도록 기다리는 짓을 굳이 할 이유가 있나? 네게 뭔가를 알아내기 위해서 대화를 하기는 했다만, 네 공격을 기다려서 맞아줄 이유는 없지."

세현은 여전히 처음처럼 허공에 떠 있는 상태로 쓰러진 크라딧을 노려보며 말했다.

그러면서도 세현은 절대로 경각심을 늦추지 않았다.

죽이고 말겠다는 강렬한 의지를 표현하던 크라딧을 잊지 않은 것이다.

초인인 자신에게 어떤 형태로든 타격을 입힐 방법이 없을 텐데, 그런 의지를 내보인 것이 미심쩍은 세현이었다.

"크르륵, 울컥! 놈, 대단하구나. 너와 나의 격차를, 크륵, 알면서도 빈틈을 보이지 않다니."

크라딧이 엎어진 상태로 목을 기괴할 정도로 돌려서 세현을 올려보며 말했다.

세현은 끈질긴 크라딧의 생명력에 고개를 흔들었다.

그러면서도 당장 그것의 목숨을 끊지 않는 것은 크라딧에게 뭔가 더 얻어낼 것이 있을까 싶어서였다.

"이곳에서 8천이나 되는 크라딧이 넘어갔다고 들었다. 그런데 안쪽 상황은 어떻지? 너희가 이기고 있나?"

세현이 크라딧을 보며 물었다.

"크륵, 들어가 보면 알겠지. 커억!"

크라딧은 피를 계속해서 토하면서도 세현에게서 시선을 떼지 않았다.

"정보를 주기 싫다면 하는 수 없지. 너희가 고문을 당한다고 입을 여는 놈들도 아니니 말이야."

세현은 그렇게 말하고는 손을 내밀었다.

그와 동시에 쓰러져 있던 크라딧의 목에 새하얀 강기가 나타났다.

"자, 잠깐!"

세현이 손을 움직여 목을 잘라내려는 순간 크라딧이 급하게 소리를 질렀다.

"뭐지?"

세현은 크라딧이 뭔가 꿍꿍이를 가지고 있다는 사실을 느끼고 있었다.

일반적으로 사용하는 에테르가 아닌 기운.

크라딧이 죽고 남는 것과 유사한 기운이 쓰러져 있는 크라딧의 몸에서 끊임없이 움직이고 있는 것을 알아차린 것이다.

세현은 그것이 뭔지 알고 싶었다.

그것이 아니었다면 시간을 끌면서 크라딧을 살려둘 이유가 없었다.

크라딧의 몸을 무너뜨리는 것이야 이보다 더 쉬운 방법도 있었을 터였다. 한순간에 머리와 심장을 터뜨리는 방법도 있는데 굳이 몸을 뭉개는 방법을 쓴 것도 크라딧이 꾸미는 것이 뭔지 알고 싶은 마음 때문이었다.

물론 그러면서도 세현은 크라딧의 곁으로 다가서는 것을 조심스러워 하고 있었다.

"너는 어째서 우리를 적대하는 거지?"

크라딧이 한층 안정된 호흡으로 세현에게 물었다.

"어째서라고? 너희 존재 자체가 모든 생명체의 적인 것을 몰라서 하는 말이냐? 너희 에테르 기반 생명체는 다른 모든 생명체를 말살하고 너희만의 세상을 만든다. 그러니 당연히 살기 위해서라도 너희를 적으로 삼을 수밖에. 그래도 우리는 너희를 멸종시키진 않지. 비록 필요에 의한 것이라고는 해도 말이다."

에테르 기반 생명체의 손에 들어간 행성은 에테르 기반 생명체만 남고 다른 모든 생명이 사라진다는 것을 들어서 알고 있는 세현이다.

하지만 에테르 기반 생명체의 공격을 막아낸 경우에는 그것들의 수를 어느 정도 유지하면서 에테르 주얼이나 코어를 획득하는 수단으로 삼는 행성이 많았다.

그렇게 생각하면 에테르 기반 생명체는 다른 생명체를 말살하지만, 반대의 경우에는 어떻게든 에테르 기반 생명체를 수용하는 경우가 있는 것이다.

비록 그것이 필요에 의한 것이라 할지라도.

"우, 우린 일반적인 에테르 기반 생명체와는 다르다! 우리는 새로운 종족이다! 너는 착각을 하고 있는 거다!"

하지만 쓰러져 있던 크라딧은 세현이 잘못 생각한 것이라고 목소리를 높였다.

"착각? 너희 크라딧이 에테르 기반 생명체가 아닌 새로운 종족이라고?"

"그, 그렇다. 너도 알겠지만 우리는 몸의 일부를 에테르 생체 구조로 바꾸었다. 그로 인해 많은 이득을 얻었지. 영생이나 뛰어난 에테르 장악 운용 능력 같은 것 말이다!"

"그래서 원래 인간이었으니 너희가 에테르 기반 생명체가 아니라고?"

세현은 어이가 없었지만 놈이 무슨 수작을 부리는가 알고 싶은 생각에 장단을 맞춰주었다.

"우리 몸이 에데르로 이루어진 생체 구조를 지닌 것은 인정한다. 하지만 우리가 인간이던 존재임을 생각하면 우리가 에테르 기반 생명체와는 다른 존재임을 인정해야 하지 않겠나?"

크라딧은 세현이 자신의 말에 흥미를 보인다는 착각에 빠져서 더욱 열을 내며 이야기했다.

"봐라! 내 몸의 어디에 몬스터 패턴이 있단 말이냐?"

찌이익! 찌익!

크라딧은 버둥거리며 어떻게든 몸에 걸친 옷들을 찢기 위해 애를 썼다.

"몬스터 패턴이 없다고?"

세현이 턱에 손을 올리고 이번에는 진짜로 관심을 보였다.

에테르 기반 생명체의 대표적인 특징은 특유의 몬스터 패턴이다.

그것이 있어야 에테르 생체 구조를 유지할 수 있었다.

몬스터 패턴이 없이 생체 구조를 유지할 수는 없었다.

그런데 크라딧에게 그게 없다고 한다.

세현도 지금까지 그걸 확인해 본 적이 없었다.

공아현은 형수였으니 몸을 볼 일이 없었고, 그 후에 지구에서 크라딧 몇을 처리할 때에도 몬스터 패턴에는 신경을 쓰지 않았다.

세현이 눈을 가늘게 뜨고 눈앞의 크라딧을 바라봤다.

엄청나게 세밀하게 조정된 에테르가 세현의 의지에 따라서 크라딧의 몸을 더듬었다.

크라딧이 느낄 수 없을 정도로 은밀하게.

"몬스터 패턴이 정말 없다는 건가?"

세현은 그렇게 중얼거리며 손을 저어서 쓰러진 크라딧이 입고 있는 옷을 잘게 조각냈다.

그리고 바람을 일으켜서 허공으로 날려 버렸다.

가죽이나 쇠로 이루어진 부분도 있었지만, 그것들 역시 가루나 다름없이 변해서 바람에 쓸려 사라졌다.

세현은 살짝 인상을 찌푸렸다.

같은 남자의 벌거벗은 몸을 살펴야 한다는 자연스러운 불쾌감 때문이다.

세현의 손짓에 크라딧 사내의 몸이 이리저리 굴렀다.

그러나 정말로 그 몸 어디에도 몬스터 패턴이 없었다.

세현은 잠깐 생각에 잠겼다.

몬스터 패턴은 에테르 기반 생명체에겐 반드시 있는 것이다.

그것이 있어야 에테르를 이용해서 몸을 구성하고 또한 에테르를 활용하는 것이 가능했다.

제 몸 자체를 구성하는 에테르와 활용 가능한 일반 에테르를 구별해서 쓸 수 있게 해주는 것도 그것 몬스터 패턴의 역할이었다.

아주 복잡하고 정교한 마법진이며 동시에 고성능의 연산 장치이며 어떻게 보면 또 다른 두뇌라고 할 수 있는 것이 몬스터 패턴인데 그것이 없다니.

"봤느냐? 우리는 몬스터 패턴이 없다. 이런 우리를 에테르 기반 생명체와 동일하게 취급하는 것은 옳지 않다고 생각하지 않나?"

크라딧은 세현을 보며 득의만만한 표정으로 말했다.

반면, 세현의 인상은 일그러진 상태로 펴지지 않았다.

세현은 천천히 크라딧에게 다가갔다.

허공을 부유해서 쓰러진 크라딧의 몸뚱이로 가까이 다가가 몬스터 패턴의 유무를 조금 더 정확하게 살피겠다는 의도.

하지만 세현이 크라딧에 가까이 갔을 때, 급격한 에너지의 팽창이 일어났다.

퍼버벙!

그리고 크라딧의 몸이 폭발을 일으켰다.

순식간에 세현은 폭발에 휘말렸다.

사방으로 흙먼지가 피어오르고 날려간 크고 작은 바위와 자갈들이 요란한 소리를 냈다.

투둑투둑 떨어지는 돌멩이 소리가 요란했다.

"결국 이거였나?"

그리고 한바탕 바람이 휘몰아치면서 흙먼지를 걷어낸 그 안에서 세현의 무심한 목소리가 들렸다.

세현은 여전히 허공에 떠 있었다.

하지만 그런 세현의 모습이 온전한 것은 아니었다.

머리카락이 날린 것은 물론이고 옷에도 여기저기 구멍이 나 있었다.

크라딧의 몸이 폭발하면서 날아온 파편에 충격을 받은 것이다.

"그런 수를 썼단 말이지? 그나마 다행이네. 이제 다시 당할 일은 없을 테니까."

세현은 크라딧이 뭔가 꾸미고 있음을 알고 있었기에 처음부터 조심하고 있었다.

그러면서도 크라딧이 꾸미고 있는 뭔가를 확인할 필요를 느겠다. 지금이 아닌 나중에 알게 되는 것이 더 위험할 수도 있다는 생각이었다.

대비하고 있을 때 당해보면 다음에 같은 경우를 다급한 상황에서 맞이해도 피해를 줄일 수 있으리라 생각했다.

"너희 크라딧의 몸뚱이에 몬스터 패턴이 없긴 하지. 하지만 그게 또 진실은 아니지. 머리털 안쪽, 두피에 몬스터 패턴이 고정되어 있는 것이 너희들의 특징이란 걸 모를 것 같으냐?"

세현이 이제는 육편으로 남은 크라딧을 비웃으며 말했다.

"그나저나 폭발에 사용한 기운은 에테르가 아니었다는 것이 중요하군. 자칫 에테르의 움직임이 없어 방심하고 있을 때 폭발이 일어나면 멋모르고 당할 수도 있겠어."

세현은 그렇게 스스로에게 경각심을 심으며 고개를 들었다.

저 멀리 천산의 심처에 이곳으로 온 크라딧들이 들어간 입구가 있을 것이다.

이젠 그것을 찾을 때였다.

Chapter 6

호랑이 굴에라도 들어간다

"피곤하네."

세현이 조금 수척해 보이는 얼굴로 중얼거렸다.

일본, 중국에 이어서 미국까지.

세현은 세 개의 이면공간 전송 장치를 찾아 파괴하고 발견된
크라딧을 처리했다.

그러면서 세현은 크라딧 중에서도 에테르 생체 구조의 비율
이 높은 쪽으로 갈수록 힘이 커진다는 사실을 알았다.

그래서 혹시 크라딧 중에서 온몸을 완전히 에테르 생체 구조
로 바꾸면 초인에 비할 수 있는 힘을 지니게 되지 않을까 하는
생각도 하게 되었다.

그 때문에 세현의 행보에 속도가 붙기 시작했는데, 크라딧의 신체가 에테르 생체 조직으로 바뀌는 데 가장 필요한 것이 시간이기 때문이었다.

즉 시간이 흐르면 흐를수록 크라딧들의 전력이 상승한다는 소리이므로 세현이 서두르게 될 수밖에 없어서 미국까지 바쁘게 오가며 처리했다.

"그나저나 문제네. 놈들이 이면공간 전송 장치를 보고 활용했으니 비슷한 것을 만들어낼지도 모르는데 말이지."

세현은 조금 짜증스러운 얼굴로 고개를 저었다.

자꾸만 할 일은 늘어나는데 실제로 세현을 도와줄 수 있는 사람이 없었다.

초인이 된 후로 세현은 누구와 함께 무슨 일을 한다는 것을 생각하기 어려웠다.

자신이 나서면 쉬운 일을 동료들은 힘들고 어렵게 한다.

그렇다고 그것을 매번 나서서 세현이 해결하면 굳이 함께할 이유가 없다.

결국 따로 행동하며 보다 많은 일을 처리하려다 보니 초인인 세현조차 정신적인 피로를 느낄 정도였다.

"형하고 형수는 아직 준비가 안 된 것 같고, 새로운 기운을 이용하는 통로 몇은 사람들에게 알려줬으니 그들이 알아서 할 문제. 이젠 정말로 지구의 행성 코어를 만나기 위해 들어가 봐야 할 때로군."

세현은 미국의 이면공간 전송기까지 처리한 상황에서 더는 망설이지 않겠다고 생각했다.

세현이 발견한 통로는 수가 적지 않았다.

세현은 그것이 어쩌면 크라딧이 만든 것이 아니라 지구의 인류에게 보내는 행성 코어의 구조 신호일지도 모른다고 생각했다.

통로를 만든 것이 크라딧이라면 몬스터들의 영역에 있어야 하는데 차분하게 살펴본 바로는 대도시처럼 사람이 많은 곳에 더 많은 비율로 존재했다.

더구나 그것은 인지하지 못하는 사이에 그것과 접촉하더라도 이동시키는 힘도 가지고 있었다.

즉 지구의 행성 코어가 있는 곳으로 들어가는 것은 운이 없이 그것과 접촉해도 일어날 수 있는 일인 것이다.

물론 한 번 그런 일이 벌어진 후에는 한동안 작동이 중지되는 약점이 있었지만 한 번 발동하면 일정 시간 동안 유지되는 장점도 있었다.

크라딧들은 그것을 이용해서 하루에 스무 명 정도가 이동하곤 했다.

"가는 거냐?"

"내가 할 일은 다 했잖아. 어차피 몬스터 토벌이야 내가 없어도 균형은 맞추고 있는 거고 말이지."

세현이 걱정하는 재한에게 말했다.

"우리도 함께 가고 싶은데 미안하네."

오랜만에 얼굴을 보인 나비가 세현에게 미안한 표정을 지어 보이며 말했다.

그녀의 배는 불룩하게 솟아서 산달이 많이 남지 않았다는 사실을 알려주고 있었다.

그 옆에서 한종국이 헤벌쭉한 얼굴로 나비의 팔을 잡고 있다.

둘은 미래 길드의 고문 자격을 가지고 있지만 한동안 일선에서 물러나 결혼 생활을 즐기며 지내고 있었다.

그래도 아예 길드 일에서 손을 뗀 것은 아니어서 이번처럼 특별한 일이 있을 때에는 얼굴을 내밀곤 했다.

"아이 엄마가 될 사람이 가긴 어딜 가? 마음만 받을게."

세현이 그렇게 나비의 미안함을 덜어주었다.

"그럼 가볼까?"

세현이 함께 떠나는 팀 미래로의 대원들을 돌아보았다.

이번에는 팀 미래로의 인원 변화가 있었다.

기존의 팀 미래로 인원에 주영휘, 이춘길, 그리고 추가로 인원이 더 합류했고, 그들의 수는 모두 마흔아홉 명이었다.

세현까지 쉰 명이 팀 미래로의 구성원이 된 것이다.

그렇게 팀 미래로의 숫자가 늘어난 것은 팀 미래로가 이면공간과 투바투보, 지유에선 등에서 엄청난 모험을 했다는 소리를 듣고 미래 길드원들의 지원이 이어졌기 때문이다.

또다시 새로운 세상으로 가야 하는 상황이고, 전력의 증원이 필요한 상황이라 세현과 재한은 상의 끝에 팀원의 수를 쉰 명으로 늘리기로 한 것이다.

그 팀원들이 모두 세현에게 시선을 던지고 있었다.

미래 길드의 서울 본부 건물에서 멀지 않은 주점 거리의 한 구석.

그곳에 지구의 행성 코어가 있는 세상으로 들어가는 입구가 있었다.

사람들의 눈에는 보이지 않는 소용돌이.

세현이 앞장서서 그 소용돌이 안으로 들어갔다.

그리고 곧바로 이어서 팀 미래로의 대원들이 뒤를 따랐다.

[음음. 걱정하지 마. 통로, 내가 유지해. 안 닫혀. 다 들어올 수 있어. 음음.]

사람들은 흰청처럼 허공에 흩어지는 여자아이의 목소리를 들었지만 그것이 '팥쥐'의 목소리인 것은 아무도 몰랐다.

그저 정말로 환청을 들었거나 아니면 지구의 행성 코어가 있는 세상은 조금 남다른가 하고 생각했을 뿐이다.

*　　　　*　　　　*

지이이이이잉!

"큭! 이런!"

세현은 소용돌이 통로로 들어와서 새로운 세상에 도착하자마자 가슴을 부여잡으며 비틀거렸다.

여섯 개의 에테르 서클이 삐걱거리고 있었다.

"으윽!"

"악!"

"으아악!"

그리고 뒤따라서 들어온 팀 미래로의 대원 모두가 고통을 소호하며 비명을 질렀다.

그중에는 아예 바닥을 구르고 있는 이도 있었다.

세현이 급하게 나섰다.

우우우우우웅!

세현과 팀 미래로 주변으로 강력한 에테르의 막이 만들어졌다.

그리고 그 에테르의 막이 외부로부터의 공격을 막아냈다.

"크으으, 이게 무슨 일이야? 죽을 뻔했다."

호올이 세현의 곁으로 비틀거리며 다가왔다.

그리고 메콰스와 이춘길 등 간부급의 인물들이 세현 곁으로 모여들었다.

"어떻게 된 겁니까?"

메콰스가 대표로 세현에게 물었다.

"에테르가 공격을 받고 있습니다. 이곳에 있는 기운이 에테르를 받아들이지 않으려고 하는 거지요. 일종의 분해와 비슷합니다."

세현이 대답했다.

"에테르를 분해한다고요? 그게 가능합니까?"

주영휘가 깜짝 놀라서 물었다.

주영휘가 알기로 에테르는 화학의 원소와 같은 최소 단위였다.

그것은 다시 쪼개질 수 없는 것으로 알고 있는 것이다.

그건데 그걸 분해한다니.

"정확하게는 반응을 일으켜서 다른 뭔가로 만든다고 봐야겠지. 이건 비유하자면 순간적으로 종이를 태워서 재를 만들어 버리는 것과 같아. 여긴 종이를 발화시켜서 순식간에 태울 수 있는 열이 가득하다고 할까?"

"그래서 그 종이인 에테르가 순간적으로 발화한 거라는 말입니까? 그럼 지금 이렇게 무사한 것은……?"

이춘길의 시선이 세현에게 고정되었다.

세현의 이마에 땀이 조금씩 배어나고 있었다.

"겨우 견디고 있기는 하지만, 언제까지 그게 가능할지는 모르겠군. 그렇다고 포기할 수는 없는 일이고."

세현이 곤란하다는 표정을 감추지 못하며 말했다.

언제까지 지금의 상태를 유지할 수 있을지 알 수 없는 일이었다.

"이렇게 되면 여기 먼저 들어왔다는 크라딧들은 들어오자마자 그냥 타 죽었다고 봐야 하는 거 아닐까?"

그런 중에 호올이 세현을 보며 말했다.

"그들의 몸 대부분이 에테르로 되어 있으니 호올 네 말대로 모두 타 죽었을 수도 있겠지. 하지만 정말 그럴 거라는 생각은 안 드는데? 뭐든 방법을 찾았겠지."

"그런데 대장님, 우리가 들어온 통로가 없습니다."

현필이 세현이 말을 하는 중에 방금 지나온 통로가 사라진 사실을 알렸다.

되돌아가는 것이 당장은 불가능하다는 뜻이었다.

[음. 기다려야 해. 기다리면 다시 생길 거야. 음음. 저기 있는 데 기운이 비어서 그런 거야.]

'팥쥐'가 세현에게 설명을 해주었다.

'그걸 어떻게 알았어?'

세현은 '팥쥐'가 알아낸 것을 자신이 몰랐다는 것에 놀라서 되물었다.

[음. 여기 그거 쓰면 좋아. 전에 준 그거, 아주 좋은 햇빛 담긴 이슬 같은 기운.]

'팥쥐'가 크라딧들이 소멸하면서 남긴 기운을 사용하는 것이 좋다며 말해주었다.

세현은 그 말에 다시 한 번 이곳 세상의 기운을 초인의 감각으로 훑어보았다.

그리고 이곳의 기운이 '팥쥐'가 말한 그 기운과 유사하다는 것을 알 수 있었다.

그그그그극.

세현이 만들어내고 있던 에테르 막 밖으로 다시 새로운 막이 형성되었다.

그리고 그 순간 에테르 막을 공격하던 기운이 행동을 멈췄다.

"음, 이 정도면 이곳에서 버티는 것은 문제가 없겠어!"

세현이 자신감 넘치는 목소리로 말했다.

그의 말대로 이곳 세상의 기운은 세현의 의지에 따라서 방어막을 만들었고, 그것은 공격을 받지 않았다.

그러니 그저 방어막을 유지하는 정도만 힘을 쓰면 되는데, 그 정도는 초인인 세현에겐 숨 쉬는 것처럼 쉬운 일이었다.

세현이 그렇게 자신 있게 말하자 그때서야 사람들의 시선이 주변을 살피기 시작했다.

"설악산이나 지리산에 들어온 것 같은 느낌이네. 여기 기운만 아니었으면 그렇게 보일 정도로 지구와 비슷한데?"

"그러게. 저기 봐라. 저 소나무, 밤나무에 상수리나무, 너도밤나무, 싸리나무 등등. 우리, 북한산 기슭에 있는 거냐?"

"확실히 그러네. 계절로 따지면 초가을 정도인 것 같고."

"바깥이랑 같은 계절이네?"

"결국 여기는 지구와 닮은꼴이란 소린가?"

대원들이 주변을 살피며 상황을 파악했다.

세현도 그와 함께 주변 정찰을 시작했다.

에테르를 사용할 수는 없지만 이 세상의 기운을 어느 정도는 이용할 수 있었다.

에테르 대신에 사용하는 것이라 효율적이진 못하지만 그래도 이곳에 있는 어느 누구보다 더 빠르고 자세하게 주변을 살필 수가 있었다.

"근처에는 위험 요소가 없다. 나무와 작은 동물들이 전부다. 다만 저 방향에 뭔가 기운이 몰려 있는 느낌이 있으니 그리로 이동한다."

세현이 한쪽 방향을 가리켰다.

비스듬한 경사를 따라서 밑으로 내려가는 방향이다.

완만한 경사를 지닌 산기슭에서 평지를 향해 내려가는 것이다.

"일단 모두가 쉴 수 있는 곳을 찾을 거다. 저기에 뭐가 있는지는 모르지만 너무 가까이 가지는 않을 테니 걱정하지 마라."

세현은 기운이 뭉친 곳으로 이동한다는 말에 표정이 굳어지는 대원들을 그렇게 달랬다.

지금 당장 에테르를 쓰지 못하는 대원들은 작은 위험에도 쉽게 목숨을 잃을 수 있는 약한 존재들이었다.

천공기사와 헌터들 중에서도 선두권에 있다는 이들이 막상 에테르를 사용하지 못하는 상황이 되자 어린아이 같은 상태가 된 것이다.

지금 당장은 세현의 방어막 안에서 에테르를 자유롭게 쓸 수 있지만 방어막이 사라지면 이곳에 왔을 때 느낀 고통을 받으며 쓰러지고 말 것이다.

세현의 말에 불안한 표정이 조금은 걷힌 대원들이었지만, 불안함이 걷힌 표정에는 부끄러움과 분함이 들어찼다.

대장인 세현에게 의지해야 하는 스스로에 대한 부끄러움과 분함이었다.

세현은 그런 대원들을 이끌고 산길을 내려갔다.

길이 없는 산길이었지만 가파르지 않은 탓에 무사히 숲을 벗어날 수 있었고, 제법 큰 개울과 그 옆의 자갈밭을 발견할 수 있었다.

"여기 물이 있으니까 식수로 사용하고, 나무를 베어다가 통나무집을 짓도록 하겠다."

세현이 그렇게 결정을 내리자 그에 맞춰서 대원들이 움직이기 시작했다.

세현은 방어막의 범위를 넓혀서 그 안에서 대원들이 작업할 수 있도록 해주었다.

쉰 명의 대원들이 움직이자 빠르게 통나무집이 만들어지기 시작했다.

세현은 그 중심에서 조용히 눈을 감고 이곳 세상을 느끼고 있었다.

조금씩 석양이 지듯 하늘 한쪽이 붉어지고 있고, 대원들은 길게 지은 통나무집의 내부에 마무리 작업을 하고 있었다.

그런데 어느 순간부터 세현은 세상이 개벽을 하는 느낌을 받았다.

치이이이이익, 치지지지직!

"이런! 이건 또 무슨?"

세현이 깜짝 놀라서 눈을 떴다.

그가 만들어놓은 방어막이 공격을 받고 있었다.

세상의 기운에!

밤과 낮의 주인이 다르다는 말이지

"…바뀌고 있다."

세현은 자신이 만든 방어막이 공격을 받고 있는 이유를 어렵지 않게 찾아냈다.

세상의 기운이 바뀌었다.

조금 전까지는 에테르가 공격을 받고 있었는데, 지금은 에테르 이외의 기운이 공격을 받고 있었다.

그리고 그 중심에 에테르가 있었다.

"어떻게 된 겁니까?"

세현이 갑작스럽게 놀라 소리를 지르고 주변을 감싸고 있던 방어막을 없앴는데도 몸에 아무 문제가 생기지 않는 것을 알고는 메콰스가 다가와서 물었다.

"기운이 바뀌었습니다. 조금 전에 이 세상 전체의 기운이 에테르에게 우호적으로 바뀐 겁니다. 대신에 조금 전까지 세상을 아우르던 기운이 공격을 받고 지리멸렬했습니다."

세현은 그렇게 대답하면서 자기 스스로 지금의 상황을 이해했다.

"아마도 낮 동안에는 지구의 행성 코어가 우세를 점하고, 밤이 되면 에테르 코어의 에고가 우세를 점하는 모양입니다."

"그러니까 지금 이 모든 것이 행성 코어의 작용이라는 거야?"

호올이 물었다.

"내 생각에는 그래. 이곳 공간을 만들고 유지하는 것은 지구의 행성 코어겠지. 하지만 그 행성 코어는 에고를 지닌 에테르 코어의 습격을 받았어. 컴퓨터로 비유하자면 제대로 돌아가는 프로그램과 그렇지 못한 프로그램으로 나뉘어 싸우는 상황이지."

"그래서 낮에는 원래 지구의 행성 코어로서의 힘은 내고 밤이 되면 에테르 코어의 힘에 잠식된다는 소리네?"

"그게 정답인지는 모르지만 그렇게 생각하는 것이 현상을 받아들이기에 좋을 것 같다."

"이야, 그럼 우린 뭐야? 밤에 움직여야 하는 거야? 그런데 밤이 되면 이 세상은 온통 그 에테르 기반 생명체들의 세상 아냐? 그렇게 되면 우리 무척 위험하겠는데?"

호올이 주변을 살피면서 말했다.

"그렇지 않아도 문제가 다가오는 것 같다. 낮에 느낀 기운의 덩어리들이 이동을 시작했다. 사방으로 흩어지긴 했는데, 이쪽으로 오는 놈도 제법 많아."

세현이 어둠이 깔리기 시작하는 먼 곳으로 시선을 던지며 대답했다.

"싸워야 하는 건가?"

"적인지부터 알아야지. 일단 대비를 해야겠지?"

대원들이 서둘러서 개울을 등지고 방어 태세를 갖추기 시작했다.

그리고 오래지 않아 그것들이 모습을 드러냈다.

"몬스터다!"

"몬스터 패턴이 있다!"

"온다!"

그것들은 몬스터임을 드러내는 패턴을 이마에서부터 정수리를 거쳐 등 뒤로 갈기처럼 새긴 네발짐승 형태의 몬스터였다.

날카롭게 솟은 귀와 길게 돌출된 주둥이의 모습은 도베르만 핀셔를 닮았고, 털이 없는 피부와 어깨, 다리 관절에 흉측한 뿔들이 솟아 있다.

"난 저런 것들이 싫어! 떼로 몰려다니는 것들."

대원들 중에 전열에서 방어를 맡은 대원 하나가 투덜거렸다.

그리고 그 순간 뒤쪽에서 몬스터를 향해서 대원들의 원거리 공격이 시작되었다.

투황! 투황! 투황! 쉬쉬쉿! 쉬쉿!

세현은 그때까지 싸움에 끼어들지 않았다.

이전처럼 앙켑스를 쓰는 것도 하지 않았다.

이곳에서 팀 미래로의 대원들이 어느 정도의 전투력을 보일 수 있는지 알아야 했다.

크롸롹! 쿠왕! 케게겡! 케겡!

팀 미래로를 향해 달려오던 몬스터들의 전열이 급격하게 무너졌다.

원거리 공격에 당한 몬스터들의 몸뚱이가 무너지고 구겨지며 땅바닥에 처박혔다.

"뭐야, 저건?"

"그러게. 너무 약하지 않나?"

"뭐해? 어서 공격해! 다가오기 전에 모두 처리한다!"

의외의 성과에 놀라서 잠깐 흔들리던 공세가 현필의 고함 소리에 다시 제 틀을 찾았다.

그리고 백여 마리의 몬스터는 결국 팀 미래로의 전열까지 도착하지도 못하고 모두 죽어 자빠졌다.

"이거 뭐야? 이런 걸 가지고 있는데?"

"딱 봐도 파란색 등급의 에테르 주얼인데? 그게 왜 여기 있어?"

"그러니까 하는 말이지. 우리가 상대한 건 최하급 몬스터 아니었어?"

"신기하네? 어떻게 된 거지?"

죽은 몬스터 사체에서 에테르 주얼을 수거하며 대원들은 혼란에 빠졌다.

몬스터에게서 나온 에테르 주얼이 파란색 등급이었는데, 정작 상대하기는 빨간색 등급에도 못 미치는 듯이 느껴진 탓이다.

세현은 몬스터 사체를 수습해서 통나무집 앞에 쌓도록 하고, 경계 태세를 유지하며 휴식에 들도록 했다.

그리고 세현은 죽은 몬스터들의 사체를 살폈다.

몬스터는 에테르 기반 생명체였다.

그런 놈들이 어떻게 이곳에서 살 수 있었을까?

팀 미래로가 이곳에 들어왔을 때처럼 세상의 모든 기운이 에테르를 공격하는 시간을 어떻게 버틴 걸까?

세현은 그것이 궁금했다.

하지만 아무리 봐도 죽은 몬스터에게서 그 답을 얻을 수는 없었다.

∗   ∗   ∗

이 새로운 세상은 확실히 밤과 낮이 구별되었다.

밤에는 에테르가, 낮에는 에테르와 대립하는 기운이 성세를 차지했다.

그래서 낮 시간에는 에테르를 지닌 존재들이 세상의 기운으로부터 공격을 받았고, 밤에는 에테르가 다른 기운을 공격했다.

때문에 몬스터들은 낮 시간에는 하나로 똘똘 뭉쳐서 몬스터들이 지닌 에테르를 이용해서 세상의 기운에 저항했다.

그래서 밤이 시작되는 때의 몬스터들은 약할 수밖에 없었다.

하루 종일 에테르를 소비하며 겨우겨우 버틴 다음이니 에테르를 회복할 때까지는 약해질 수밖에 없는 것이다.

팀 미래로가 처음 만난 몬스터들이 바로 그런 상태였다.

그래서 에테르 스킨도 제대로 없는 상태에서 공격을 받아 전멸해 버린 것이다.

하지만 이런 몬스터들이 밤이 깊어지고 새벽이 다가올수록 강해졌다.

그리고 해가 뜨기 직전의 몬스터들이 가장 강력했다.

밤사이에 에테르를 가득 품어서 본래의 힘을 회복하는 때가 그때인 것이다.

하지만 그때의 몬스터들은 어떻게든 주변의 동족들을 찾아서 뭉치느라 다른 것은 할 수가 없는 상태였다.

뭉치지 못하면 낮 시간을 버틸 수가 없으니 어쩔 수 없이 모두가 하나로 뭉치는 데에만 관심을 두었다.

그렇게 일정 범위 안의 몬스터들은 모두 하나의 덩어리로 뭉쳐서 낮을 보내고, 밤이 되면 또다시 사방으로 흩어졌다.

세현은 그렇게 흩어진 몬스터들의 목적이 무엇인지 궁금했는데, 며칠이 지나도록 그 몬스터들이 팀 미래로를 공격하는 이외에 다른 것을 하는 장면은 보지 못했다.

더구나 며칠 동안 밤마다 몬스터를 상대해서 죽이다 보니 결국에는 근방에 몬스터가 전멸해 버렸다.

일정 규모를 유지하지 못한 몬스터 무리가 낮 시간을 버티지 못하고 모두 죽어버린 것이다.

그리고 그렇게 죽은 몬스터들의 사체는 에테르로 변하고, 또 분해되어 허공으로 흩어졌다.

심지어 에테르 주얼까지도 낮 시간에는 조금씩 크기가 줄어들었다.

가장 안전한 형태로 뭉쳐진 에테르 주얼까지도 에테르를 공격하는 낮 동안의 기운을 버티지 못한 것이다.

"어쩌다 보니 이 주변의 몬스터를 모두 정리하게 되었다. 그리고 이젠 우리도 이동해야 할 때가 된 것 같다. 이제 어느 정도 이곳 환경에 적응했으니 무리는 없을 거라고 본다."

세현은 그렇게 팀 미래로의 이동을 결정했다.

그리고 한 번 이동할 때마다 몬스터들이 뭉쳐 있는 곳을 발견하면 어김없이 정리를 해버렸다.

낮 동안에 몬스터 무리가 뭉쳐 있는 곳을 발견하면 조용히 기다렸다가 밤이 되는 순간 들이쳐서 처리를 하는 형식이었다.

팀 미래로는 세현의 방어막 덕분에 낮 시간에는 피해를 입지 않으니 아무리 몬스터가 많아도 위험이 되지 않았다.

더구나 그 시간이면 세현 역시 에테르를 쓸 수 있는 시간, 초인의 의지가 지배하는 공간에서 지칠 대로 지친 몬스터는 저항의 몸짓도 버거웠다.

그리고 그렇게 이동하던 중에 세현은 드디어 이전과는 다른 기운을 발견했다.

낮 시간, 그 기운들이 빠르게 움직이며 몬스터들이 뭉쳐 있는 곳으로 다가서고 있었다.

세현은 일행을 보호하면서 조심스럽게 그것들을 살폈다.

몬스터들이 뭉쳐서 세상의 기운에 저항하고 있는 상황, 거기에 그것들이 난입해서 몬스터들을 죽이고 있었다.

몬스터들은 어떻게든 대응하려 했지만, 세상의 기운이 몬스터들을 적대하는 상황에서 제 힘을 내기란 어려웠다.

천 마리가 넘게 모여 있던 몬스터들은 고작 백여 개체도 안 되는 그것들에게 전멸당했다.

세현은 그것들이 몬스터를 전멸시킨 순간 앞으로 나서서 그들을 만나볼까 생각하다가 밤이 되기를 기다리기로 했다.

당장 나섰다가 그것들이 세현 일행을 저대하면 위험한 상황이 될 수도 있었다.

당장 에테르를 사용하지 못하는 짐 덩이 쉰 명을 책임진 세현으로선 도박을 할 수는 없었다.

세현은 멀찍이 떨어진 곳에서 그것들의 움직임을 살폈다.

그것들은 낮 시간 동안 쉬지도 않고 정찰을 했다.

세현은 그것들이 찾는 것이 몬스터 무리란 사실을 짐작했다.

하지만 세현이 살피는 동안 그것들은 또 다른 몬스터 무리는 발견하지 못했다.

그리고 해가 조금씩 기울기 시작하자 그것들이 한쪽 방향으로 이동하기 시작했다.

한 치의 머뭇거림도 없이 일직선으로 이동하는 모습에 세현은 그들의 목적지가 구체적으로 정해져 있음을 알 수 있었다.

*　　　*　　　*

"…도시?"

세현은 멀리 떨어진 건축물을 보며 저도 모르게 그렇게 말했다.

"유니콘이 도시를 세울 수도 있어?"

주영휘가 혼이 나간 얼굴로 현필에게 물었다.

"말이 무슨 도시를 세워? 저건 저 안에 또 다른 누군가가 있다는 소리겠지."

높은 성벽을 지니고 있는 건축물을 보며 현필이 중얼거렸다.

지금까지 쫓아온 것은 분명히 말의 형상을 하고 이마에 뿔이 있는 유니콘이었다.

그런데 그것들이 날이 저물기 시작하자 성벽이 있는 도시 안으로 들어간 것이다. 그리고 지금도 사방에서 몰려온 유니콘들이 성문을 통해서 안으로 들어가고 있었다.

쿠구구구구궁!

"어? 문이 닫혀!"

"다 들어간 모양이지?"

"우린 어떻게 해? 우리도 들어가야 하는 거 아냐?"

"그거야 대장님이 알아서 하시겠지."

대원들이 떠드는 중에도 세현은 살짝 인상을 쓰며 집중하고 있었다.

도시 안쪽을 살피려는 세현의 기운이 성벽 너머로 들어서지 못하고 거부당하고 있기 때문이었다.

에테르만큼은 아니더라고 제법 잘 다룰 수 있게 된 낮 시간의 기운이었는데, 그것이 성벽을 지키는 묘한 기운 때문에 전진하지 못했다.

세현은 몇 번 시도를 해보다가 결국은 포기할 수밖에 없었다.

그리고 도시가 까마득히 보이는 작은 언덕 위에 일행의 숙영지를 만들었다.

어쩌면 도시 안에서 세현 일행의 모습을 볼 수 있을지도 모를 일이다.

하지만 공격 의사를 보이지 않는 세현 일행을 도시 안의 유니콘들이 굳이 적대할 것 같지는 않았다.

그리고 그날 밤, 세현과 팀 미래로는 잠을 자지 못했다.

도시를 향해서 숱한 몬스터들이 몰려든 것이다.

몬스터들은 사방에서 몰려들었고, 성벽을 넘기 위해서 애를 썼다.

하지만 성벽은 굳건했고, 성벽을 감싸고 있는 보호막은 몬스터들의 공격에도 끄떡하지 않았다.

몬스터들은 결국 새벽이 가까워질 때까지 성벽에 발톱 자국 몇 개를 내는 성과 이외엔 얻은 것이 없었다.

다만 그런 공격 속에서도 도시에서는 아무 반응이 없다는 것이 아쉬웠다.

성벽 위에서 원거리 공격만 하더라도 꽤나 많은 수의 몬스터를 줄일 수 있었을 거라고 세현 일행은 생각했다.

물론 세현 일행 역시 밤새도록 몬스터들과 전투를 벌여야 했다.

도시로 향하다가 세현 일행을 발견한 몬스터들이 작은 언덕을 향해 몰려든 것은 피할 수 없는 일이었다.

그리고 몬스터들이 물러난 후 날이 밝았을 때, 세현 일행은 도시에서 나온 유니콘들에게 포위되었다.

"야, 괜찮은 거냐? 이거 분위기가 안 좋은데?"

호올이 세현에게 물었지만 세현은 유니콘 중에서 유독 뿔이 길고 황금색의 갈기를 지닌 유니콘을 바라보기만 할 뿐 대꾸가 없었다.

조금씩 적응하다

"대화가 통하지 않는 건가?"

세현이 황금 갈기의 유니콘에게 물었다.

황금 갈기의 유니콘은 속눈썹이 긴 커다란 황금색 눈동자로 세현을 바라보며 앞발의 굽으로 땅을 툭툭 쳤다.

세현은 일행을 보호하기 위해서 펼치고 있는 방어막 때문에 유니콘들이 혼란스러워하고 있다는 사실을 알지 못했다.

에테르를 사용하는 것들은 유니콘의 적이었다.

하지만 에테르를 공격하는 기운은 유니콘의 동족과 친구들이 사용하는 기운.

그런데 이곳에 있는 이들은 에테르를 품고 있는 이들을 에테르를 공격하는 기운을 사용하는 이가 보호하고 있었다.

"우리는 얼마 전에 이 세상에 들어왔다. 우리는 너희를 공격할 생각이 없다. 우리는 너희의 적이 아니다."

세현이 다시 한 번 황금 갈기의 유니콘을 보며 말했다.

하지만 유니콘들은 반응하지 않았다.

"말을 못 알아듣는 모양인데? 이긴 좀 이상해. 생각해 보면 지구에서도 대화가 통하잖아. 이종족들과 너희 지구 인류 사이에 말이야. 대표적으로 나하고 메콰스 노인."

호올이 말했다.

"허허, 거기다가 여기서도 호올과 제 말은 통역이 되고 있습니다. 그런데 저들과 대화가 통하지 않는 것은 아무래도 이상합니다."

"여기가 이면공간이라면 저들을 몬스터라고 생각했을 거야.

이면공간의 통역이 통하지 않는 대상은 몬스터뿐이라고. 이성이 없는 짐승이 아니라면 말이야."

"호올, 말을 조심해야 합니다. 저들을 짐승과 비교하는 것은 좋지 않습니다."

메콰스가 호올의 막말을 말렸다.

하지만 이야기가 진행되면서 세현도 조금은 걱정이 되었다.

어떻게 된 것인지 몰라도 호올과 메콰스는 지구에서도 의사소통이 되고 있었다.

그것은 이 새로운 공간에 들어와서도 마찬가지였다.

세현은 그것이 이면공간의 통역 기능과 같은 거라고 생각했다.

그런데 여기서 유니콘과 대화가 되지 않는다면 유니콘들은 시스템의 적용을 받지 않는 상대란 소리였다.

"어쩌면 이면공간에 다녀와야 통역 기능이 적용되는 것일 수도 있겠지."

세현이 간신히 그런 결론을 내리고 황금색 갈기의 유니콘을 향해 천천히 걸음을 옮겼다.

그러면서도 일행을 감싸고 있는 방어막은 움직이지 않았다.

대신에 방어막 밖으로 유니콘들을 감싸는 기운들을 움직였다.

격하지 않게 산들바람이 부는 것처럼 유니콘들을 쓰다듬는 기운이었다.

그런데 갑자기 유니콘들이 놀란 듯이 뒤로 물러서거나 혹은 몸을 떨고 머리를 흔들었다.

[음! 내가 했어. 말. 서로 이야기할 수 있어. 그러니까 나는 이제부터 통역이야. 음음음!]

그와 동시에 세현에게 '팥쥐'의 의지가 전해졌다.

'저들과 대화가 된다고?'

[음음! 내가 그랬어. 우리가 밖에서 왔다고. 그리고 싸우지 않을 거라고. 그래서 놀랐어.]

'저 유니콘들의 말도 알아들을 수 있어?'

세현이 다시 '팥쥐'에게 물었다.

[유니콘? 음? 그렇게 불러? 음음. 이야기할 수 있어. 어디서 왔냐고 물었어. 침입자들은 물리쳐야 한다고 해!]

'유니콘은 지구에서 저렇게 생긴 상상의 동물을 부르는 이름이야. 비슷하게 생겨서 그렇게 부르는 것뿐이야. 그럼 네가 이야기를 해봐. 우리가 무슨 이유로 어떻게 여기에 왔는지. 너도 길 알지?'

[음음. 알아. 그럼 그렇게 이야기해? 함께 싸우자고 해?]

'그보다는 지구의 행성 코어에 대해서 아는 것이 중요하겠지. 어디에 있는지, 지금 어떤 상황인지 말이야. 하지만 그게 아니라도 뭐든 이야기를 해서 정보를 얻어봐.'

[음. 알았어. 난 잘할 수 있어. 음음!]

유니콘과의 의사소통은 오로지 '꽅쥐'를 통해서만 가능했다.

유니콘들은 그들을 부르는 다른 이름이 있었지만 세현과 팀 미래로가 그들을 유니콘이라 부르는 데 거부감을 보이지는 않았다.

호칭 따위엔 신경 쓰지 않는 듯이 보였고, 세현 일행도 발음할 수 없는 이름을 부르기 위해서 고민하는 것은 피하고 싶었다.

어쨌건 '꽅쥐'를 통해서 지금 이곳 세상에 대해서 어느 정도 파악할 수 있게 된 것은 참으로 다행스러운 일이었다.

지금 이곳은 세현의 예상대로 밤과 낮으로 나뉘어서 행성 코어와 에테르 코어 사이의 주도권 싸움이 벌어지는 중이었다.

유니콘들의 말에 의하면 그 싸움이 시작된 것이 벌써 이곳의 시간으로 수백 년이 되었다고 한다.

낮에는 지구의 행성 코어가 세상의 기운을 조율하며 에테르를 공격하고, 밤이면 그 반대의 현상이 일어났다.

거기다가 에테르 코어는 밤이면 무수히 많은 몬스터를 새로 만들어내는 능력도 가지고 있었다.

지구의 행성 코어를 지지하는 많은 생명들은 번식을 통해서 개체수를 늘이지만 몬스터들은 에테르에서 만들어졌다.

대신에 행성 코어는 그 품에 있는 생명들을 위해서 많은 보조적인 능력들을 부여했다.

성벽을 세워서 에테르의 공격을 막아내는 것도 행성 코어가 유니콘들의 안전을 위해서 제공한 것이었다.

유니콘들은 그 성벽에 의지해서 밤을 보내고 낮이 되면 곧바로 주변을 돌아다니며 몬스터들을 찾아 박멸하는 일을 했다.

그렇게 하지 않으면 한꺼번에 많은 몬스터들이 몰려올 것이고, 자칫 성벽이 붕괴될 수도 있었다.

오랜 시간 동안에 그렇게 무너진 성벽이 아주 없는 것도 아니어서 성벽이 무너지고 무수한 희생이 생긴 피난민들이 대지를 떠돌기도 한다고 했다.

세현은 특히 행성 코어의 위치에 대해서 궁금하게 여겼지만 그것을 알고 있는 이는 없었다.

이 공간을 유지하는 것은 분명히 코어였지만 그것이 어디에 있는지는 알지 못하는 것이다.

더구나 그 코어는 지구의 행성 코어와 외부에서 침입한 에테르 코어가 반씩 섞여 있는 상태여서 어느 쪽의 편이라고 하기도 어려웠다.

"결국 전쟁의 승패는 얼마나 많은 몬스터를 죽이고 에테르가 아닌 기운을 늘리느냐에 달려 있는 소리지."

"변화시켜야 할 기운이 많으면 많을수록 그것을 처리하는 데 시간이 오래 걸리니까 세상을 지배할 수 있는 시간은 줄어든다는 거지요?"

현필이 물었다.

"그런 거지. 그렇게 되면 점차 균형이 무너지고 한쪽으로 쏠

리게 되는 거지. 동시에 세상에 자신의 기운을 더 많이 가진 쪽이 코어 내부에서의 힘겨루기에서도 이기게 되는 것이고 말이야."

"그런데 크라딧 놈들은 어떻게 된 겁니까? 유니콘들은 모르고 있는 것 같던데요."

"아마도 지역적인 차이겠지. 하지만 크라딧은 무척 위험해. 지금의 균형을 깰 수 있는 가능성을 지녔지."

세현의 표정이 굳어졌다.

크라딧도 분명히 에테르를 사용하고 또한 에테르로 이루어진 신체를 지니고 있었다.

그러니 몬스터들처럼 행동의 제약이 있을 것이다.

하지만 그렇게 안심하기엔 또 걱정인 면이 없잖아 있었다.

세현이 상대한 크라딧 중에서는 자신의 몸을 폭발시킬 때 에테르가 아닌 전혀 다른 기운을 사용한 경우가 있었다.

그리고 그 기운은 지금 이 세상에서 지구의 행성 코어가 사용하는 기운과 흡사했다.

만약에 크라딧들이 그 기운을 자유롭게 쓸 수 있다면 지금의 세현처럼 낮에는 그 기운을 사용하고 밤에는 에테르를 사용하는 방식으로 자유를 얻을 수도 있었다.

그리고 그것은 지금 이 세상의 균형을 깰 수 있을 정도로 심각한 문제가 될 수도 있었다.

세현 일행이 지금 유니콘 성 근처의 몬스터를 전멸시킨 것처럼 크라딧들이 행성 코어의 편에 있는 생명을 말살할 수도 있었다.

그것이 아니라도 낮 동안에 다른 몬스터와 달리 에테르를 소비하지 않고 버틸 수만 있어도 크라딧의 전력은 막강할 것이다.

"일단 이 주변의 몬스터는 모두 정리되었으니까 이제부턴 남쪽으로 이동하면서 몬스터를 소탕한다. 그러면서 크라딧을 찾는다. 지금 당장 우리가 할 수 있는 일은 그게 전부니까."

세현은 그렇게 결정을 내렸다.

세현이 남쪽으로 방향을 잡은 이유는 일본이 남쪽에 있기 때문이었다.

이 공간이 현실과 연동되어 있다면 후지산을 통해서 들어온 크라딧들이 남쪽 어딘가에 있을 가능성이 높았다.

물론 전혀 다른 곳으로 이동되었을 수도 있지만 확인이 불가능한 상황에서는 적은 가능성이라도 기대를 걸어볼 수밖에 없었다.

＊　　　＊　　　＊

"크아아아아악! 크아아아아!"

"으아악! 아아악!"

"으으으으, 으으윽!"

오늘도 크라딧의 진영에서는 고통스러운 비명과 신음이 끊이지 않았다.

그들은 후지산을 통해서 이 공간으로 들어온 팀이었다.

처음 크라딧이 이곳에 들어왔을 때, 그들 중의 절반 이상이 죽었다. 에테르가 급격하게 타오르며 신체의 일부까지 녹아 없어지자 결국 목숨을 잃을 수밖에 없었던 것이다.

사실 그런 상황에서도 절반이 생존했다는 것이 오히려 기적이라고 할 일이었다.

크라딧 중에서 생존한 이들은 그들의 몸에 있는 전혀 색다른 기운을 활용하는 방식을 깨달은 이들이었다.

원래 크라딧이 되어 에테르 생체 구조를 지니게 되면서 에테르를 운용하는 능력이 비약적으로 발전했다.

그런데 크라딧 중에서 에테르가 아닌 새로운 기운을 느끼고 운용할 수 있는 이들이 나타났다.

실제로 그것은 다른 곳에 있는 것이 아니라 그들의 몸을 구성하는 에테르 생체 구조에서 나오는 기운이었다.

원래 세포의 노화가 없는 것이 에테르 생체 구조인데, 크라딧의 생체 구조는 에테르로 새로운 세포를 만들면서 기존의 세포가 소멸하는 과정이 일어났다.

그리고 그 에테르 세포의 소멸에서 새로운 기운이 만들어졌다.

사실상 크라딧은 에테르 기반 생명체와 구별되는 특징이 있었던 것이다.

그들은 에테르로 몸을 만들지만 그 몸이 사멸하면 결국 거기에서 새로운 기운을 만들어냈다.

그 새로운 기운은 에테르가 아니었지만 에테르처럼 쓸 수 있었기에 거기에 관심을 보이는 이들이 제법 있었다.

결국 그렇게 관심을 가지고 있던 이들이 이곳의 낮 시간에 에테르를 공격하는 세상의 기운으로부터 동료를 도울 방법을 찾아낸 것이다.

크라딧의 주둔지에서 들려오는 비명과 신음은 바로 그 과정을 거치기 위한 훈련 때문에 나오는 것이었다.

몸을 구성하는 에테르가 공격 받는 것을 최대한 견디면서 자신의 몸이 분해되어서 새로운 기운으로 바뀌는 것을 관조한다.

그리고 그렇게 발생하는 기운을 자신의 의지하에 두는 것이 훈련의 전부였다.

물론 그 과정이 고통스럽고 또 시간이 오래 걸리기에 하루도 비명이 그치지 않고 이어지는 것이고, 때로는 수련 중에 희생자가 생기기도 했다.

최대한 버티며 자신의 몸이 외부의 기운에 타오르며 소멸하는 것을 지켜봐야 하는 훈련이니 자칫 한계를 넘으면 순식간에 죽음을 맞이할 수도 있는 것이다.

화르르르륵!

"크아아아아아아악!"

털썩!

또 한 명의 크라딧이 한계를 초과했다.

몸이 불타듯이 사그라들며 크라딧 한 명이 쓰러져서 허공으로 흩어졌다.

하지만 이제 그런 일은 자주 일어나지 않았다.

모두 단련이 되어서 조금씩 새로운 기운으로 몸을 보호하는 데 진전을 보인 것이다.

"으아아아아아아아!!"

한 명의 크라딧이 고함을 지르며 자리에서 일어났다.

그리고 어깨를 펴고 걷기 시작했다.

그가 걷는 방향은 몬스터들이 모여서 에테르 보호막을 만들어놓은 안쪽 방향이 아니었다.

보호막의 영향권 밖, 그곳으로 걸음을 옮겼다.

그가 조금 전에 지른 고함은 비명이 아니라 포효였다.

드디어 이 세상의 적대적 기운으로부터 자유로워진 자신을 드러내기 위한 포효.

그가 걸어가는 곳에는 이미 그와 같은 성취를 얻은 크라딧들이 따로 생활하는 곳이 있었다.

비록 낮 동안 에테르를 사용할 수는 없지만, 에테르를 공격하는 기운으로부터 완벽하게 자유로울 수는 있었다.

Chapter 7

진화하는 크라딧의 분열

"어떤가? 하이브리드의 수는?"

"아직은 만족할 정도가 아니다. 서른도 채우지 못하고 있다."

"그나마 짐승들의 도움을 받지 않을 정도로 적응하는 것도 쉽지는 않은 일이지. 그중에서 우리 같은 하이브리드 능력을 깨우는 것은 더욱 힘든 일이고."

"우리 동족은 수가 많지 않아. 하나라도 귀하게 여겨야 할 때야."

후지산의 통로를 통해서 새로운 세상으로 넘어온 이들을 이끄는 세 명의 우두머리는 중요한 결정을 앞두고 회의를 하고 있었다.

그들과 함께 넘어와서 지금까지 살아 있는 동족의 수는 모두 합쳐 4천 남짓이었다.

나머지는 모두 에테르가 연소하여 불타 죽었다.

사실 그렇게 많은 인원이 살아남은 것도 그들이 짐승이라고 부르는 몬스터들 덕분이었다.

크라딧들은 어느 정도 몬스터들을 부릴 수 있는 능력이 있었다.

몸의 대부분이 에테르 생체 구조로 변한 크라딧들은 몬스터들에게 우호적인 존재로 인식되었는데, 그 상태에서 이성을 지닌 크라딧이 몬스터를 부릴 수 있는 것이다.

사실 그것은 크라딧들이 에테르 기반 생명체들의 의사소통 능력을 지니고 있기 때문에 가능한 것이었다.

의사소통을 통해서 제안하거나 명령하는 것인데, 본능에 충실한 몬스터들은 크라딧의 지시나 권유를 거부하는 경우가 거의 없었다.

몬스터들이 지니고 있는 본능을 거스르는 것이 아니라면 대부분의 경우 크라딧의 뜻에 따라주었다.

그래서 몬스터들을 불러 모아서 커다란 집단을 만들고 그 안쪽에 크라딧들을 머물게 하면서 낮 시간에 이루어지는 공격을 피했다.

부담을 몬스터들에게 전가시키고 크라딧들은 안쪽의 안전한 공간에서 머물며 수련을 통해서 조금씩 몸의 또 다른 기운을 일깨웠다.

만약 그렇게 몬스터들을 모으지 못했다면 크라딧의 수는 지금의 반도 되지 못했을 것이다.

편법이기는 하지만 몬스터를 이용해서 몸을 피할 공간을 마련하고 조금씩 낮 시간 동안 세상의 공격으로부터 몸을 보호할 능력을 갖춰나갔다.

그리고 그렇게 적응한 크라딧 중에서 아주 특별하게 그 기운을 직접 에테르처럼 다룰 수 있게 되는 이들이 나왔다.

에테르와 에테르를 공격하는 기운, 이 둘을 함께 다룰 수 있는 이들은 크라딧들은 하이브리드라 불렀다.

이 하이브리드는 그야말로 굉장한 존재였다.

밤이나 낮이나 능력의 저하가 없었다.

더구나 두 기운을 동시에 사용하면 그 파괴력이 몇 배로 늘어났다.

물론 그렇게 쓰기 위해서 상당한 위험을 감수해야 하긴 하지만, 두 기운을 충돌시켜서 얻는 파괴력은 무척 매력적이었다.

그리고 그런 하이브리드 중에서도 가장 강력한 힘을 지닌 세 명이 모든 크라딧의 우두머리 역할을 하게 되었다.

"물론 우리 동족 하나하나가 중요하긴 하지. 하지만 아직도 적응하지 못하는 것들은 가능성이 별로 없다고 봐야 하지 않나?"

오른쪽 어깨에서 손까지가 유독 크게 발달한 하이브리드가 다른 두 명을 보며 말했다.

그는 이제는 움직여야 할 때라고 말하고 있었다.

"시간의 문제일 뿐 모두가 적응할 수 있다는 것을 알면서 그런 소리를 하는 이유가 뭐지? 결국 지금 남은 놈들을 모두 버리자는 건가?"

녹색 머리카락이 인상적인 하이브리드가 조금은 신경질적인 목소리로 말했다.

가슴의 융기가 있는 것으로 봐서 여성체로 보이는 하이브리드였지만 목소리는 중성적인 느낌이 강했다.

"고아스, 미도리, 흥분하지 마라. 고아스의 말대로 우리가 여기에 오래 묶여 있던 것도 사실이다."

마지막 하이브리드는 외모에 별다른 특색이 없는 동양인 남자였다.

그 하이브리드의 말에 고아스라 불린 기형 팔 사내의 표정이 밝아졌다.

하지만 곧이어 이어진 말은 그의 예상과는 달랐다.

"하지만 지금까지 적응하지 못한 이들은 대부분 이곳에 들어온 시기가 늦은 이들이다. 사실상 일정 기간이 지나면 거의 모든 일족이 적응을 마친다는 소리지."

고아스는 이어진 말에 살짝 인상을 찌푸렸다.

하지만 막상 그 말에 대해서 반박할 수는 없었다.

"쿠라이, 네 말이 틀린 것은 아니다. 하지만 우리는 언제까지 여기에 머물 수만은 없다."

"그건 걱정할 필요가 없는 일이 아닌가. 얼마 전부터 일족의 유입이 끊겼다. 그건 무척 심각한 문제지. 언제 다시 일족이 이곳으로 들어올 수 있을지 모른다는 이야기다."

녹색 머리카락의 미도리가 고아스의 말을 다시 가로챘다.

"맞다. 내 생각도 미도리와 같다. 밖에서 무슨 문제가 생겼는지 알 수는 없지만, 예상컨대 이면공간 전송 장치가 들켰을 가능성이 높다. 그렇게 되면 이곳으로 다시 일족이 들어올 수 있는 확률은 낮다."

"그러니 빨리 이동해야 할 것이 아닌가. 언제 그곳으로 지구의 헌터나 천공기사들이 밀려들지 모르는데, 가만히 기다리자는 건가?"

"고아스, 생각을 해라. 만약 그런 일이 벌어진다면 우리는 가만히 앉아서 엄청난 전과를 올릴 수 있다. 물론 그들이 낮 시간에 들어오디면 그건 말할 것도 없는 일이겠지. 하지만 밤이라도 이곳에는 엄청난 수의 짐승이 있다."

"쿠라이, 너도 생각을 좀 해라. 한 번에 들어올 수 있는 놈들은 겨우 스물 정도다. 엄청난 전과는 무슨."

"그건 네가 한 말이 아니냐. 헌터나 천공기사가 밀려들면 어쩌냐고. 그 말을 그대로 돌려주마. 한 번에 들어올 수 있는 놈들은 기껏 스물이다. 그러니 우리가 여기 머문다고 외부의 공격을 걱정할 이유는 없다는 말이다."

쿠라이와 고아스, 둘 모두 한 번에 이동해 올 수 있는 인원이 많지 않음을 잊고 있던 것 때문에 부끄러움을 느끼는 듯 목소리를 높였다가 잠깐 침묵을 지켰다.

"시간이 조금만 더 있으면 우리 동족은 모두 이 세상에 적응할 거다. 그리고 하이브리드 역시 하나라도 더 태어날지 모르지. 그러니 일단은 기다리자. 적어도 모든 일족이 이곳에 적응할 때까지는."

미도리가 다시 한 번 그동안의 이야기를 정리해서 주장했다.

고아스와 쿠라이는 어쩔 수 없이 고개를 끄덕였다.

"어떻게 되었습니까?"

현필이 세현에게 물었다.

"수가 많아. 4천 정도 되는 크라딧과 그 배는 될 것 같은 몬스터들이다."

"…많군."

호올이 1만 2천이란 숫자 앞에서 어쩔 수 없이 위축된 음성을 냈다.

"대장님이 나서면 정리가 되지 않겠습니까?"

그런 상황에서 주영휘가 세현을 보며 물었다.

"나도 밤이 제일 편하다. 주로 쓰는 힘이 에테르니까. 하지만 그 시간이면 저놈들 역시 제 힘을 되찾게 되겠지. 물론 시간만 주어지면 나 혼자 모두 해결할 수 있을 것 같긴 하지만, 너희를 보호하면서 그렇게 하긴 어렵다."

"저희도 한 몸 지킬 정도의 실력은 있습니다."

"물론 그렇지. 하지만 그것도 비슷한 숫자를 상대할 때의 이야기지 우린 겨우 쉰 남짓인데 상대는 1만 2천이다. 애초에 상대가 안 되는 싸움이지."

세현은 이곳까지 데리고 온 팀 미래로 대원들을 걱정하지 않을 수 없었다.

"그럼 저희는 먼 곳에 숨어 있는 방법도 있습니다."

이춘길이 잔뜩 붉어진 얼굴로 말했다.

세현에게 도움이 되지 못하고 짐이 되는 상황을 받아들이기 힘든 것이다.

"그건 생각을 좀 해봐야겠군."

세현은 그렇게 결정을 유보했다.

자신이 이끄는 팀이다.

그들을 짐짝 취급할 수는 없는 일이었다.

혼자서 모든 일을 할 수 있다고 하더라도 그들에게도 뭔가 할 일을 줘야 했다.

거기다가 세현이 정찰한 크라딧들은 에테르 기반 생명체라고 보기 어려운 면을 지니고 있었다.

이곳 세상에 적응했다는 크라딧들은 생체 구조가 에테르로만 이루어졌다고 보기 어려운 상태였던 것이다.

그들은 자신들이 소멸하면서 내뿜는 새로운 기운을 재생되는 에테르 생체 구조에 섞어놓았다.

그래서 세현은 그들이 에테르 기반 생명체들과 다른 어떤 모습을 보일 수도 있지 않을까 기대하고 있었다.

＊　　　＊　　　＊

쿠라이는 홀로 앉아서 생각에 잠겨 있었다.

크라딧은 이곳 세상을 원시지구라는 의미로 판게아라 부르고 있었다.

아주 오래전 지구의 모든 대륙이 하나로 묶여 있을 때 그 대륙을 판게아라 불렀다는 데서 연유한 이름이었다.

어쨌거나 쿠라이와 고아스, 미도리 셋이 이끄는 크라딧은 이곳 판게아에 들어와서 많은 것이 변했다.

특히 변한 것은 이전부터 그들은 통제하던 힘이 많이 줄어든 것이었다.

에테르 기반 생명체들은 그 근원이 되는 에테르 코어의 방침에 따르도록 통제를 받는다.

몬스터나 마가스, 폴리몬 등은 그러한 통제를 느끼지도 못하면서 무의식적으로 그에 따르게 되는데, 그 모든 것을 스스로의 결정이라고 믿었다.

하지만 인간에서 에테르 기반 생명체가 된 크라딧들은 자신들이 통제되고 있음을 느끼는 경우가 있었다.

인간이었을 때의 자아를 완전히 잃지 않고 유지하는 경우에 특히 그런 느낌을 강하게 가지는데, 이전에 쿠라이는 그 통제를 느끼면서도 별다른 저항감이 없었다.

그런데 이곳 판게아에 들어와서 그 통제가 절반 이상으로 감소했고, 점차 무엇이 옳은가에 대한 의심을 하기 시작했다.

본래의 자신과 지금의 자신이 다른가에서부터 시작한 질문은 점차 크라딧이 정말로 에테르 기반 생명체에 속하는가에 대한 의심으로 이어졌다.

그리고 언젠가 지구가 에테르 기반 생명체의 세상이 되었을 때, 크라딧의 운명은 어떻게 될 것인가도 걱정되었다.

그런 미래를 생각하면 떠오르는 한 마디는 토사구팽(兎死狗烹)이었다.

물론 반드시 그렇게 되리란 확신은 없지만 가능성이 없다고도 할 수 없었다.

그것이 쿠라이의 생각을 복잡하게 만들었다.

"접니다, 쿠라이 님."

생각에 잠겨 있는 쿠라이를 깨운 것은 밖에서 부르는 수하의 목소리였다.

"들어와."

쿠라이의 말에 나무문을 열고 수하가 들어왔다.

"명령하신 대로 조금씩 살펴보고 있습니다만 아직까지 확신할 수 있는 이는 많지 않습니다."

쿠라이에게 보고하는 부하는 하이브리드 중에서도 쿠라이에게 가장 먼저 포섭당한 인물이었다.

"신중히 해야 할 일이지. 나는 우리의 진정한 정체성이 궁금해. 인간인가 아닌가, 에테르 기반 생명체인가 아닌가 하는 문제."

"우리는 신인류입니다."

"그래, 히쇼가. 그 말이 맞을지도 모르지. 하지만 그래서야 부평초나 다름없지 않은가. 특별하긴 하지만 그뿐이지. 어디 기댈 곳이 없어. 뿌리가 없다는 소리다."

쿠라이는 그렇게 말을 하곤 한숨을 살짝 내쉬었다.

실험을 가장한 프로젝트 실행 이후에 조금씩 몸이 변하면서 결국은 에테르 기반 생명체의 최상위 명령인 코어의 통제에 들어가게 되었다.

그것은 어떻게 보면 자아의 상실이라고 볼 수도 있는 일이었지만 당시에는 그것을 제대로 느끼지도 못했다.

그저 몸과 정신의 불일치로 고통스러운 시간을 보내다가 어느 순간 새롭게 태어난 느낌과 함께 에테르 기반 생명체로 거듭난 것이다.

하지만 이곳 판게아에 와서 생각해 보면 그것도 정상적인 것은 아니었다.

"사실 아직 정신을 차리지 못한 이들을 에테르 기반 생명체라고 본다면 저희들은 인간에서 진화한 것으로 봐야 하지 않겠습니까?"

히쇼가란 사내가 쿠라이에게 억울하다는 듯이 물었다.

자신은 에테르 기반 생명체가 아니라고 항변하는 것이다.

쿠라이도 사실 그 점에서는 동의하고 있었다.

적어도 자신이 느끼기에 에테르 기반 생명체는 아니었다.

도리어 그 잔재로 남은 통제를 거부하며 어떻게든 자유를 찾기 위해서 노력하는 쪽이었다.

"그럴지도 모르지. 이제는 밤에도 제정신을 유지하는 시간이 늘어나고 있다. 조만간 모든 시간을 온전한 제정신으로 지낼 수 있겠지."

"맞습니다. 이 또한 노력하면 조금씩 성과가 있습니다. 시간이 좀 더 필요할 뿐입니다."

"그래, 그래서 내가 고아스의 주장을 막고 있는 거지. 아직은 움직일 때가 아니야. 시간이 조금 더 있다면 우리가 독립을 할 때에는 좀 더 많은 이들을 이끌고 나간 수 있을 거야."

"하지만 그 후에는 어찌시겠습니까?"

히쇼가가 불안한 듯이 물었다.

에테르 기반 생명체의 부속 같은 삶은 어떻게든 떨친다고 치더라도 그 후에는 막막함만 남아 있던 것이다.

"지구의 행성 코어를 복구하고 우리도 지구의 한 구성원으로 사는 거지. 그러면서 이면공간으로 진출도 하면서 말이야."

"결국은 에테르 기반 생명체들과 적이 되는 거로군요?"

"우리가 에테르 기반 생명체가 아니라면 그들의 적일 수밖에 없지 않나? 그들은 다른 생명체를 받아들여 공생할 의지는 전혀 없어. 그건 우리 모두가 알고 있는 거지."

쿠라이는 단호하게 말했다.

그는 정신이 에테르 기반 생명체이던 때가 있었다.

그러니 에테르 기반 생명체의 속내를 누구보다 잘 알고 있었다.

다른 생명에 대한 타협 없는 말살이 에테르 기반 생명체의 근본적인 생각이었다.

"그나저나 도대체 어떻게 된 걸까요?"

"뭐가 말인가?"

"더 이상 지구에서 새로운 동족이 들어오지 않는 거 말입니다."

"그야……"

쿠라이가 뭔가 대답하려는 순간이었다.

"세 개의 이면공간 전송기를 모두 파괴했으니 당분간은 지구에서 다른 크라딧이 들어오긴 어려울 거야. 지구로 나오는 것 자체가 어려울 테니까."

쿠라이와 히쇼가의 앞에 세현이 모습을 드러냈다.

손 좀 잡아볼까 했더니

"누구냐!"

히쇼가가 깜짝 놀라서 소리를 질렀다.

쿠라이 역시 눈동자가 튀어나올 것처럼 놀란 표정을 짓고 있다.

"나는 정말 궁금했어. 크라딧들이 에테르 기반 생명체로 빙의가 된 것이 어떤 방식인지 말이야. 이봐, 그걸 좀 설명해 줄 수 있나?"

하지만 세현은 정체를 밝히기보다는 도리어 질문을 던지고 있었다.

"이익!"

히쇼가가 화난 표정으로 세현을 향해 기운을 끌어올렸다.

낮 시간이라 에테르가 아닌 판게아의 기운이었다.

"제법 능숙하군. 하지만 그건 별로 현명한 짓이 아니야."

세현은 그렇게 말하며 히쇼가의 기운을 가볍게 억눌렀다.

소인인 세현에게 그렇게 가까운 거리에 있는 기운을 통제하는 것은 그리 어려운 일이 아니었다.

비록 히쇼가에 속한 기운을 직접 건드리지 못하더라도 그 주변에 더 강하고 많은 기운을 끌어 모아서 찍어 누르는 것은 충분히 가능했다.

"인간인가? 지구에서 온?"

쿠라이가 물었다.

"어떨 것 같아? 내가 지구에서 왔을까, 아니면 이곳 대륙에서 태어났을까?"

세현은 장난하듯이 물었다.

"지구의 이면공간 전송 장치에 대해서 아는 것을 보면 지구 출신인 것 같은데 그렇게 이곳 세상의 기운을 능숙하게 다루는 것을 보면 이곳 판게아 출신인 것 같기도 하군. 판단이 어려워."

쿠라이는 솔직하게 눈앞에 있는 사내에 대한 판단을 말했다.

"아까 물어본 거, 대답해 줄 수 없는 건가? 크라딧 말이야. 에테르 기반 생명체로 변하는 것이 어떤 메커니즘인지 알고 싶은데."

"그걸 설명해 줄 거라고 생각하나?"

"어때서? 어차피 너는 스스로 에테르 기반 생명체가 아니라고 생각하고 있지 않나?"

세현은 쿠라이가 슬쩍 눈치를 보며 상황을 파악하기 위해서 애쓰고 있음을 알았다.

때문에 지금까지 세현이 그들의 이야기를 어느 정도 듣고 있었다는 사실을 대화를 통해 알려주었다.

쿠라이는 이미 세현이 어느 정도 자신과 히쇼가에 대해서 알고 있다는 사실을 깨닫고는 살짝 체념했다.

"크라딧이라 부르는 우리는 실험의 결과로 몸의 일부가 에테르 생체구조를 지니게 되었다. 그리고 그것은 조금씩 영역을 넓혀서 결국 몸의 많은 부분이 에테르 생체 구조, 즉 몬스터나 마가스, 폴리몬과 같은 꼴이 되었지."

"그래서?"

"문제는 그렇게 몸만 바뀌는 것이 아니란 점이다. 몸이 바뀌면서 정신에도 문제가 생겼다. 사실 나도 그게 정확하게 어떤 건지는 모르지만 신체의 변화가 생각에 영향을 주었다는 것은 분명하다. 더구나 새로 변한 신체에는 외부로부터의 간섭을 적극적으로 받아들이는 어떤 것이 있는 것 같다."

"외부로부터의 간섭을 받아들여?"

"그렇다. 예를 들어서 우리가 짐승으로 부르는 몬스터의 경우를 보면 그것들은 본능적으로 에테르 기반 생명체가 아닌 다른 생명체, 그중에서도 이성을 지닌 존재에 대한 극단적인 적개심을 가진다."

"그야 그렇지. 그래서 결국 둘 중에 하나는 죽어야 결판이 난다고들 하지."

세현이 쿠라이의 말에 고개를 끄덕였다.

"하지만 그건 그 짐승의 본능이 아니다. 그것은 외부로부터 주입된 명령에 따르는 것일 뿐이다. 에테르 기반 생명체는 애초에 지구상의 다른 동물들과 다를 바가 없는 것들이다. 지구의 동물들이 인간에 대한 적대적인 본능을 가지고 있진 않잖은가?"

"그러니까 그게 에테르 생체 구조를 지닌 생명체들을 통제하는 무언가 때문이란 거군. 그리고 그 무언가란 건 볼 것도 없이 에테르 코어겠고?"

"그렇다. 그래서 우리 크라딧의 몸이 일정 이상 에테르 생체 구조가 되면 외부로부터 전해지는 에테르 코어의 명령을 거부하지 못하게 되는 거다. 거기다가 그 명령이란 것이 직접적인 것이 아니라 마치 자신의 생각이나 판단인 것처럼 전해지는 것이라 더욱 거부감을 느끼기 어렵다."

"그렇다는 건 결국 에테르 기반 생명체들은 에테르 코어가 부리는 도구로 봐도 된다는 건가?"

세현은 에테르 기반 생명체들에 대한 정의를 에테르 코어의 생체 도구 정도로 규정했다.

"그렇게 이야기해도 틀린 것은 아닐 것 같군."

쿠라이가 고개를 끄덕였다.

"좋아, 그런데 너희 둘은 그런 에테르 코어의 통제를 극복하기로 했다는 거지? 에테르 기반 생명체가 아닌 자의를 지닌 생명으로 살기 위해서."

세현이 물었다.

"그렇다. 몸은 이렇게 변했지만 자유의지까지 사라진 상태로 인형처럼 살고 싶지는 않다."

"그건 나도 마찬가지다."

쿠라이의 말에 히쇼가도 지지 않겠다는 듯이 끼어들었다.

"좋아, 그럼 나도 너희를 일단은 적으로 규정하는 건 보류하기로 하지. 그런데 말이야. 다른 놈들은 어떻게 할 거지?"

세현이 쿠라이와 뜻을 함께하지 않는 크라딧들을 염두에 두고 물었다.

"때가 되면 우리는 그들과 갈라설 계획이다. 아무리 에테르 코어의 지배를 받고 있다곤 하지만 그들 역시 크라딧, 언젠가는 에테르 코어의 영향에서 벗어날 수도 있다고 믿는다."

쿠라이는 같은 크라딧끼리 싸울 생각이 없음을 분명히 했다.

"음, 그렇단 말이지?"

세현은 지금까지 적잖은 크라딧들을 죽여 왔기에 살짝 고민이 되었지만 일단은 쿠라이의 뜻을 존중해 주기로 했다.

"그렇다. 그리고 혹시라도 여유가 있다면 나는 남은 이들에게도 기회를 줬으면 한다. 이곳은 에테르 코어의 지배력이 약하다. 이면공간은 물론이고 심지어는 지구에 비해서도 약하지. 그 때문에 크라딧들이 정신을 차릴 가능성이 훨씬 높다. 지금 이곳에만도 벌써 천 명에 가까운 인원이 정신을 차렸다."

"천 명?"

세현은 의외로 숫자가 많은 것에 놀랐다.

"물론 그중에서 완전히 우리 쪽으로 돌아선 숫자는 절반도 되지 않지만 그건 조심스럽게 접근하고 회유하느라 그런 것일 뿐이다. 숫자는 천 명에 가까운 것이 분명하다."

"그 인원이 조만간 독립해서 떨어져 나간다고? 하지만 다른 녀석들이 그걸 두고 보지는 않을 텐데?"

세현은 쿠라이가 어떤 방법으로 분리 독립을 할지 궁금했다.

"우리는 지금 삼두정치나 다름없는 체제를 가지고 있다. 고아스와 미도리, 그리고 내가 권력을 나누고 있는 거지. 이런 상황에서 병력을 삼분하자고 하는 것은 그리 이상할 것도 없다. 인원을 나눌 때에 내가 끌어들인 이들을 중심으로 편성하면 된다."

"그렇군. 괜찮은 방법이야. 하지만 너희가 떠난 후에 남아 있는 고아스와 미도리가 활동을 시작하면 그때는 나도 어쩔 수 없이 그들의 목숨을 취해야 한다."

세현은 쿠라이를 보며 계속해서 크라딧들이 정신을 차리길 기다리고 있을 수 없음을 밝혔다.

"으음……"

"그런!"

쿠라이와 히쇼가는 세현의 말에 얼굴이 굳었다.

"어쩔 수 없다. 너희들이 중국과 미국 쪽에서도 들어와 있는 상황인데, 아직 그쪽은 확인도 못했기 때문에 빠르게 이쪽을 정리하고 다른 쪽을 살펴야 한다."

하지만 세현으로선 그들의 사정을 계속 봐주고 있을 수는 없었다.

이곳의 하이브리드 같은 자들이 다른 쪽에서도 발생했고, 그들이 활동을 시작했다면 지구의 행성 코어에 속한 쪽의 피해가 무척 커질 터였다.

"당분간은 지켜보겠다. 하지만 조금 더 서두르는 것이 좋을 거다. 오래 기다리긴 어려우니까."

세현은 그렇게 경고하고는 쿠라이와 히쇼가의 곁을 떠났다.

세현의 모습이 허공으로 씻은 듯이 사라지자 쿠라이와 히쇼가는 꿈을 꾼 것이 아닌가 하는 표정으로 서로를 쳐다봤다.

"그의 말대로 서둘러야겠군."

"누굴까요?"

"누구든 지구에서 들어왔다고 봐야지. 느낌이 그래. 그리고 지구에서 왔다면 짐작 가는 이가 하나 있지."

"아! 알겠습니다. 진강현의 동생!"

"그래. 초인이라는 소문이 있다고 들은 것 같은데, 정말로 초인의 경지에 오른 것 같군."

쿠라이는 세현의 정체를 어느 정도 짐작해 냈다.

하지만 세현의 정체를 아는 것이 쿠라이나 히쇼가에게 도움이 될 것은 별로 없었다.

그들은 최대한 빠른 시간 안에 자신들의 세력을 분리해서 독립할 필요가 있었다.

하이브리드처럼 두 가지의 기운을 자유롭게 쓸 수 있는 초인이라면 이곳에 모인 짐승과 신인류 전체를 지우는 것도 가능할지 모를 일이었다.

*   *   *

쿠롸롸롸롸! 키에에에엑!

푸르르륵! 푸르륵, 푸륵! 히이이이잉!

"막아! 이게 무슨 일이야? 어디서 이런 것들이 나타났어?"

"죽여!"

"살려두지 마라!"

"뿔 달린 망아지들이!! 죽어!!"

세현과 쿠라이의 교류는 무척 고무적인 일이었다.

하지만 그런 교류를 무용지물로 만드는 사건이 벌어지고 말았다.

세현이 지나온 유니콘의 도시에서 대규모의 병력이 이동해와서 몬스터와 크라딧의 군집을 공격한 것이다.

세현과 팀 미래로는 유니콘이 포함된 병력이 다가오는 반대쪽에 있었기 때문에 싸움이 시작된 후에야 그 사실을 알 수 있었다.

문제의 발단은 세현과 팀 미래로였다.

그들이 유니콘의 도시 주변에서 몬스터를 깨끗하게 청소하고 떠나자 유니콘들은 여유가 생겼다.

그래서 자신들의 영역 밖으로까지 진출해서 몬스터들을 잡았고, 그렇게 되자 그 방향의 균형도 무너지게 되었다.

한번 무너진 균형은 파급 효과가 대단했다.

지구 행성 코어의 보호를 받던 많은 마을과 도시의 숱한 종족들이 조금씩 다른 종족의 도움을 받아서 일정 지역을 완전히 수복하는 데 성공했다.

물론 그렇게 몬스터를 완전히 토벌해 버려도 밤이 되면 어딘가에서 몬스터들이 다시 만들어지겠지만 수가 많지 않으면 낮을 버티기도 어렵다.

겨우 버틴다고 해도 순찰을 강화한 행성 코어 쪽의 전사들에게 들키면 끝장이다.

당연히 몬스터를 몰아내면 여유가 생긴다.

유니콘을 포함한 행성 코어의 전사들은 그 여유를 이용해서 곧바로 각 부족별로 일정 숫자의 전사를 내어서 원정을 계획했다.

그리고 그 원정의 방향을 세현과 팀 미래로가 떠난 남쪽으로 잡아 내려오다가 크라딧과 몬스터의 군집을 발견한 것이다.

수적으로 원정대가 밀리는 상황이지만 시간은 낮이었다.

수적 열세 따위는 문제가 되지 않을 상황.

그런데 막상 싸움을 시작하자 그리 만만한 상황이 아니었다.

크라딧 중에서 하이브리드라 불리는 이들은 그사이에 수가 늘어서 칠십에 가까웠다.

그런데 그런 하이브리드들이 이종족을 공격하기 시작하자 피해가 커지기 시작한 것이다.

푸르르륵! 히이잉! 히잉!

쿠아앙, 쿠와왕, 쿠왕!

크러러렁, 크러렁, 크러러러러렁!

하지만 이종족 쪽도 그냥 당하는 것은 아니었다.

실제로 싸울 수 있는 숫자만 치면 이종족 쪽이 월등하게 많았다.

유니콘과 호랑이, 곰, 사슴 등의 모습을 닮은 동물들이 너나없이 떼를 지어서 하이브리드들을 공격했다.

낮 동안에 그들을 공격하는 것들은 없었다.

그래서 대부분 낮에는 적을 찾아 죽이고 밤에는 성벽이나 목책 등의 보호를 받으며 지내는 생활을 해왔다.

따지고 보면 직접 마주 붙어서 싸울 일은 그리 많지 않았다는 뜻이다.

성벽이나 목책 등이 무너지고 나면 그때는 그 도시나 마을이 몬스터들에게 점령당하고 그곳의 주민들이 모두 죽는 수밖에 없었다.

그러다 보니 아무래도 동물들을 닮은 이종족들이 피해가 더 컸다.

크라딧의 하이브리드들은 대부분 천공기사 출신이라서 전투에 능했기 때문이다.

"그래도 수가 많으니까 어떻게든 해결이 될 것 같기는 한데?"

"저기 저렇게 물러나 있는 이들이 말씀하신 그들입니까? 에테르 코어의 지배에서 벗어났다는?"

"보아하니 그런 것 같습니다. 그들 무리를 이끄는 쿠라이라는 자와 그 심복인 히쇼가라는 자가 있는 것을 보니."

세현이 메콰스의 질문에 그렇게 대답했다.

"어떻게 하시겠습니까? 이대로 두면 양쪽 모두 희생이 적지 않을 텐데요?"

이춘길은 지금 당장에라도 싸움에 끼어들고 싶다는 듯이 세현의 의중을 물었다.

"일단 에테르 코어의 지배에서 벗어난 이들에게 피해가 갈 정도로 상황이 진전되면 끼어들어야지. 그리고 될 수 있으면 크라딧들의 희생도 좀 줄여봐야겠어."

세현은 언제든 달려나갈 준비를 하고 전황을 살폈다.

그때, 세현의 눈에 쿠라이가 이끄는 자들이 슬금슬금 세현이 있는 방향으로 물러나오는 것이 보였다.

순간 이종족들이 그들을 잡기 위해서 포위망을 만들려는 움직임을 보였다.

원래 서로 마주치면 죽고 죽이지 도주를 하는 경우는 거의 없기 때문에 이종족들도 쿠라이 쪽의 움직임에 놀란 기색이 역력했다.

"이런, 내가 나서야겠군."

세현은 이종족과 쿠라이의 충돌을 막기 위해 어쩔 수 없이 몸을 일으켰다.

전장을 진정시키고 제안을 하다

쿠르르르르르르르!

"허억! 이게 뭐야?"

"어어어? 힘이 빠져나가고 있어!"

"아아아! 이게 뭐지?"

크라라라라, 크라락!!

후르르릉, 후릉! 푸륵, 푸르륵!

세현이 전장으로 나서는 순간, 세현을 중심으로 엄청난 기운의 파동이 일어났다.

세현이 일으킨 그 기운의 파동은 주변으로 퍼지면서 그것을 맞은 모든 이의 기운을 억눌렀다.

세현이 주력으로 사용하는 앙켑스의 진화 형태였다.

세현은 에테르든 판게아 본연의 기운이든 어떤 것을 사용해서든 대상을 무력하게 만드는 방법을 만들어냈다.

적어도 세현의 기운을 막아내고 방어할 능력이 없는 이들은 세현의 이 공격을 막을 수가 없었다.

"누구냐? 누가?!"

미도리가 고함을 질렀다.

그러면서 몸 안으로 침투한 세현의 기운을 밖으로 밀어내기 위해 애를 썼다.

"진정해라! 몸으로 들어온 기운에 저항해라! 그러면 된다!"

고아스 역시 미도리와 같은 시도를 하면서 고함을 질렀다.

그러면서 정말로 조금씩 세현의 기운을 밀어내는 것에 성공하고 있었다.

비록 초인이 되지는 못했지만 초인과 비슷한 방법으로 기운을 움직일 수 있는 크라딧의 능력이 빛을 발하는 순간이었다.

하지만 세현은 그렇게 능력을 보이는 크라딧들을 눈여겨보고 있었다.

그런 이들에게는 기존에 사용하던 앙켑스가 시전되었다.

몸 안에 훨씬 은밀하고 강력한 기운이 침투해서 제압하는 것이다.

'통역을 좀 해줘야겠다. 할 수 있지? 크라딧에겐 내가 말을 할 테니까 이종족들에겐 네가 통역을 해!'

세현이 허공을 통해서 전장의 중심으로 나가며 '팥쥐'에게 말했다.

[음! 할 수 있어. 잘해! 음음.]

'팥쥐'는 세현을 도울 수 있다는 것이 기쁜 듯 조금 격앙된 의지를 전해왔다.

'고마워. 그럼 시작하자.'

세현이 나타나서 허공으로 날아가자 모두의 시선이 세현에게로 집중되고 있었다.

"싸움을 멈춰라! 계속 적대적인 행위를 하면 누가 되었건 나와 싸울 뜻이 있다고 보겠다!"

세현이 그렇게 말했지만 정작 알아듣는 이는 크라딧뿐이었다.

하지만 곧이어 '팥쥐'의 통역 의지가 전장 전체로 퍼졌고, 유니콘을 비롯한 이종족들 역시 세현의 뜻을 알았다.

때문에 그들은 어리둥절한 기색으로 어떻게 해야 할지 몰라 혼란에 빠졌다.

하지만 그런 중에도 전혀 동요하지 않고 처음부터 끝까지 지속적으로 공격 의지와 적대적인 살의를 드러내는 존재가 있었다.

크라딧들이 짐승이라 부르는 몬스터들이 바로 그것들이었다.

크콰콰콰콰콰, 콰콰콰, 크콰콰!

"쯧! 어차피 너희는 고려의 대상이 아니었다!"

세현은 앙켑스에 당한 상태로도 포효를 터뜨리며 공격성을 보이는 몬스터들 보며 혀를 찼다.

지금은 낮, 당연히 판게아 고유의 기운이 에테르를 맹렬하게 공격하는 시간이었다.

당연히 몬스터들은 제 힘을 쓸 수 없는 때인데도 죽음을 아랑곳하지 않고 흉성을 드러내고 있으니 어이가 없을 일이다.

세현이 몬스터들이 뭉쳐 있는 곳을 노려보았다.

콰드드드득, 콰드득, 콰득!

퍼벙! 펑! 퍼펑!

순간 몬스터들은 전열부터 순서대로 찌그러지기 시작하더니 일순간 폭발을 일으켰다.

마치 엄청난 중력에 노출이라도 된 듯이 찌그러지던 몸뚱이가 임계점에 달해 폭발을 일으킨 것이다.

세현은 그렇게 몬스터들을 정리하면서도 힘들다는 기색이 없었다.

실제로 그 일은 그리 힘든 일이 아니었다.

세현은 몬스터들이 판게아의 기운에 저항하는 에테르를 내부에서 흔들어주는 것으로 할 일을 다 한 셈이었다.

그렇게 에테르가 무너진 몬스터는 판게아의 기운에 버티지 못했다.

[음음. 왜 그러냐고 하는데? 적들을 공격하는데 왜 막느냐고. 설마 배신한 거냐고.]

그때, '팥쥐'가 세현에게 물었다.

세현의 시선이 이종족들 쪽을 향했다.

순간 이종족들이 움찔하는 것이 느껴졌다.

"보는 바와 같이 나는 저것들을 처리했다. 그러니 내가 너희들의 적이 되었다는 생각은 하지 마라. 다만 여기 있는 이들은 판게아가 아닌 외부에서 들어온 자들로 나와 같은 뜻을 지닌 자들과 그렇지 않은 자들이 섞여 있다. 그래서 이들 중에 너희의 친구가 될 자들을 먼저 구하려 할 뿐이다. 그리고 다른 이들도 마음을 바꿀 가능성이 있으니 일단 억류만 했다가 상황을 보아서 처리를 결정하려 한다."

세현이 이종족을 보며 그렇게 말했지만, '팥쥐'의 통역보다 빠르게 세현의 말을 알아들은 크라딧들은 혼란스러운 표정으로 웅성거렸다.

하지만 그러는 동안에도 쿠라이는 자신을 따르는 이들을 데리고 따로 한쪽으로 갈라섰다.

미도리와 고아스는 그런 쿠라이를 죽일 듯이 노려봤다.

한쪽에선 몬스터들이 떼를 지어서 죽어가고 있고, 그 몬스터에게 보호를 받고 있던 크라딧들도 몬스터의 에테르 방어막이 사라지면서 판게아의 기운에 노출되었다.

"크아아아!"

"아파! 아프다고!"

"살려줘! 죽기 싫어!"

조금씩 자신의 몸이 판게아의 기운에 공격 받아 소멸되는 것을 보는 크라딧들이 비명을 질렀다.

"음!"

세현은 아직 판게아의 기운에 적응하지 못한 크라딧의 주변으로 판게아의 기운을 이용한 보호막을 만들었다.

그 순간 고통이 사라진 것을 느낀 크라딧들이 어리둥절해 주변을 살피다가 자신들을 도운 것이 세현임을 알고는 미묘한 표정을 지었다.

적에게 도움을 받은 격이라 좋아할 수도 없고 그렇다고 싫다고 거부할 수도 없는 상황인 것이다.

상황이 중재된 전장의 중심에는 세현이 허공에 떠 있고, 무리는 네 갈래로 갈라졌다.

유니콘을 포함한 판게아의 이종족, 미도리와 고아스를 중심
으로 하는 크라딧, 쿠라이가 이끄는 크라딧, 그리고 몬스터에게
보호받던 적응하지 못한 크라딧.

이 중에서 당장 세현의 보호를 받지 못하면 죽음의 고통을
느껴야 하는 부적응 크라딧들은 눈치만 보고 있고, 미도리와 고
아스는 쿠라이를 노려보는 중이다.

하지만 판게아의 이종족 무리는 아직도 크라딧들에 대한 적
의를 버리지 못하고 이글이글 타오르는 눈빛으로 금방이라도
달려들 듯 노려보는 중이다.

[음음. 말 들어! 지금은 참을 거야. 몬스터들 모두 죽으니까
참는 거래.]

'팥쥐'가 세현에게 이종족들의 뜻을 전해왔다.

겉보기에도 유니콘들이 다른 이종족들을 진정시키고 있는
것이 보였다.

그런 중에 팀 미래로의 대원들이 나서서 몬스터들을 마저 정
리하기 시작했다.

그냥 두어도 어차피 판게아의 기운에 죽을 것들이지만 조금
더 일찍 숨통을 끊어놓고 간혹 떨어지는 에테르 주얼을 회수했
다.

그런 중에 몬스터들과 함께 있던 크라딧을 한곳으로 모으는
일도 병행했다.

쉰 명의 팀 미래로 대원이 수백 명의 부적응 크라딧을 한곳

으로 모았다.

크라딧들은 세현의 보호막이 없으면 어떤 꼴을 당하게 될지 알기 때문인지 팀 미래로의 통제에 따르고 있었다.

"너는 뭐냐?"

그때, 고아스가 세현을 손가락질하며 물었다.

유독 발달한 오른 팔과 손이 위협적으로 세현을 가리켰다.

"너희들에겐 선택의 자유가 있다. 여기서 죽을 건지, 아니면 살 건지를 결정하는 것이다."

세현은 자신을 지목한 고아스의 행동에는 전혀 반응을 보이지 않고 고아스와 미도리가 포함된 크라딧들에게 할 말만 했다.

세현의 말에 고아스의 입이 닫혔다.

"너희가 어떤 선택을 하게 될지는 너희들의 자유 의지에 따르면 되겠지. 하지만 쿠라이를 봐서 내가 한마디 조언을 하자면 너희가 죽음을 택한다면 너희에게 남는 것은 아무것도 없다는 사실을 기억하라는 것이다. 지금 보는 것처럼 나 혼자서도 너희들을 몰살시키는 것이 가능하다."

"우릴 회유하겠다는 거냐? 우리가 너희가 말하는 크라딧인데? 몸이 에테르로 이루어진 우리를 네가 받아들인다고?"

미도리가 세현을 보며 물었다.

"저기 쿠라이와 그를 따르는 이들을 봐라. 저들과 너희가 다르냐? 이미 너희도 알고 있겠지만 이곳 판게아에서 너희들은 에테르 코어의 제약과 통제를 어느 정도 벗어날 수 있다. 쿠라이의 말에 따르면 에테르 코어의 지배를 극복할 수 있다고 하더군. 그리고 그렇게 되면 너희는 에테르 기반 생명체가 아니라 전혀 새로운 종족으로 거듭날 수 있고 말이야."

"전혀 새로운 종족? 하긴 우리가 원래의 인간으로 돌아갈 수는 없겠지. 에테르 생체 구조를 지닌 우리가 말이야."

고아스가 왼손으로 자신의 오른쪽 팔을 주무르며 말했다.

"위로가 될지 모르지만 이 세상에는 숱하게 많은 이종족이 있다. 그리고 그 이종족들의 근원은 인간이라는 말이 있다. 우리 지구의 인간들이 근원에 가깝다는 말이지만, 그렇다고 너희가 지구의 인간들보다 저열하다는 뜻은 아니다. 이종족들은 너희도 아는 것처럼 이면공간에서 평등하다."

"우리는 이면공간 시스템으로부터 인정받지 못했다. 오히려 적대적인 대우를 받고 있지."

미도리가 세현을 보며 말했다.

"하지만 이곳 판게아는 또 다르지 않나? 이곳은 지구의 행성 코어가 만들어낸 세상이다. 예상일 뿐이지만 이곳으로 침입한 에테르 코어를 완벽하게 정리한다면 너희들은 적어도 이곳 세상에서만큼은 온전한 하나의 종족으로 살 수 있을 거다."

세현의 말에 미도리와 고아스를 따르는 크라딧들이 웅성거리기 시작했다.

사실상 에테르 코어의 지배에서 완전히 벗어나지 못한 이들이다.

그럼에도 지금까지 세현의 이야기에 집중한 것은 지금의 상황이 생존과 밀접한 관계가 있는 상황이기 때문이었다.

크라딧들은 에테르 주얼의 지배를 받는 상황이라고 하더라도 자신들의 생명에 대한 애착이 강한 이들이었다.

그들의 근본이 지구의 인간이었기 때문에 에테르 주얼의 지배력이 약해진 지금 그 근본적인 지구 인간의 성향이 드러나는 것이다.

삶에 대한 애착이 세현의 이야기를 듣게 만들었고, 지금은 또 그 애착이 생존을 위한 결정을 내리도록 그들의 심경을 변화시키고 있었다.

"웃기는 소리! 너희들은 우리의 적이다!"

"맞다! 적에게 목숨을 구걸하느니 그냥 죽겠다!"

"크크크크, 죽는 것 따위가 두려울 것 같으냐?"

하지만 모두가 그런 것은 아니었다.

에테르 주얼의 지배를 강하게 받는 이들은 세현의 제안에 강력하게 반발했다.

"잡아!"

"멈추게 해!"

"아직 아니야! 이야기를 들어!"

하지만 그런 이들의 수는 삼분의 일이 되지 않았다.

세현의 이야기에 관심을 보이던 이들이 그런 크라딧들을 붙잡았다.

크롸롸롸롸!

"주, 겨……!"

하지만 이미 흉성을 드러낸 크라딧들은 동료들의 만류에도 아랑곳하지 않고 에테르 기반 생명체들의 포효를 터뜨리며 거칠게 날뛰었다.

"쯧, 어쩔 수 없지."

세현은 그 모습에 고개를 흔들고는 다시 날뛰는 크라딧들에게 앙켑스를 시전했다.

은밀하면서도 강력한 기운에 크라딧들에게 스며들었다.

그리고 그 기운은 크라딧의 몸에 있는 에테르와 이 세상의 기운을 동시에 억눌렀다.

몸 안에 낯선 기운이 묵직하게 자리를 잡으며 다른 모든 기운의 흐름을 멈춰 버리자 이성을 잃고 날뛰던 크라딧들은 동료들에게 빠르게 제압되었다.

"어떻게 하자는 거지?"

녹색 머리의 미도리가 세현에게 물었다.

"밖에서 만나는 크라딧과 여기 판게아에서 만나는 크라딧이 다르다고 인정하겠다. 적어도 에테르 코어의 지배를 벗어난 너희들은 에테르 기반 생명체와 구별된 존재로 인정하겠다는 말이다."

"그래서 우리가 얻을 것은 뭐지?"

고아스가 확인하듯이 물었다.

"너희의 생존."

세현은 그렇게 말하고는 미도리와 고아스를 바라보다가 시선을 돌려 쿠라이 쪽도 쳐다봤다.

그쪽 역시 같은 대우를 하겠다는 표현이다.

Chapter 8

영역 확장이 벌어지다

세현의 보호막에 의해서 생존을 유지하는 부적응 크라딧들은 선택의 여지가 없었다.

그들은 세현이 보호막을 거두는 순간 죽음을 맞이한다는 사실을 알고 있었다.

머릿속에서는 에테르 기반 생명체로서의 사고(思考)와 가치관이 세현에게 저항하라고 하지만, 생존과 직결된 문제 앞에서는 인간으로서의 본능이 앞섰다.

덕분에 세현에게 제일 먼저 복속 아닌 복속을 한 것은 그들, 판게아의 기운에 적응하지 못한 크라딧들이었다.

이어서 쿠라이와 그를 따르는 이들이 세현에게 합류했다.

마지막으로 미도리와 고아스 패거리가 세현에게 항복했다.

그들은 아직 전향하지 않고 정신을 차리지 못하는 크라딧들을 자신들이 관리하겠다는 조건을 내걸었다.

아직까지 에테르 코어의 지배를 벗어나지 못했지만 시간을 주면 그들 역시 에테르 코어의 지배를 벗어나 자율적인 판단이 가능해질 것이라 생각한 것이다.

"우리는 수가 적지. 그러니 한 명이라도 더 생존할 수 있도록 해야 한다."

미도리는 그렇게 말하며 크라딧을 최대한 보호하려 애썼고, 그에 대해서는 쿠라이도 동의를 표했다.

지구와 연결된 이면공간에는 꽤나 많은 수의 크라딧이 있지만 이곳 판게아에는 미래 길드에서 빼돌린 이면공간 전송 장치로 지구로 나온 소수만 넘어와 있었다.

그리고 그렇게 판게아로 넘어온 이들 중에서 에테르 코어의 지배를 벗어난 이들만 특별한 존재로 거듭난 상태였다.

"일단은 중국과 미국에서 이곳 판게아로 넘어온 동족들을 만나는 것이 중요해. 그들 역시 우리와 같은 상황일 거야."

고아스가 세현에게 말했다.

그것은 일종의 요구였다.

세현에게 자신의 동족들을 찾는 것을 도와달라고 한 것이다.

"좋아, 나도 그들을 찾을 생각이야. 일단 그들을 찾아야 한다는 것에는 모두 동의하는 모양이군."

세현은 크라딧의 요구를 수용하기로 했다.

지금도 그들이 이곳 판게아의 균형에 어떤 영향을 주고 있을지 모를 일이었다.

따지고 보면 세현의 팀 미래로가 등장한 이후로 유니콘들의 영역을 정리한 것이 지금의 이종족 원정대를 만들었다.

이종족 원정대는 지금도 왕성하게 활동하며 몬스터들을 찾아 정리하는 중이다.

물론 때로는 밤중에 몬스터들의 공격을 받아서 희생이 생기기도 했지만, 그 희생의 수백 배에 이르는 성과를 거두고 있었다.

하지만 몬스터는 밤이면 밤마다 에테르에서 태어나는 존재이고, 이종족은 그들의 생존 주기에 맞춰서 번식하는 종족이라 개체수의 감수가 지니는 의미가 서로 달랐다.

판게아 이종족들의 죽음이 훨씬 뼈아픈 손실이라 할 수 있다.

하지만 이종족들은 자신들의 마을과 도시에 남은 이들이 있으니 원정을 나온 자신들이 모두 전멸한다고 해도 그게 끝배건 아니라는 생각을 가지고 있는 듯했다.

그동안 그들의 마을과 도시는 인구가 과하게 늘어난 상태였는데 그 인원이 원정대로 어느 정소 줄어들게 된 상태라 도시와 마을들에 여유가 생길 것이라 했다.

*　　　*　　　*

[음음. 정리했어. 끝났어. 이제 또 이동한대.]

'그래? 빠른데?'

[숫자가 더 늘었어. 이번에 새로 발견된 마을이 또 있어. 음음. 주변에 몬스터들 다 정리했으니까 거기서도 또 나올 거야. 원정대! 음음.]

'그럼 또 나뉠 수도 있겠군. 그렇게 되면 원정대 수가 넷이 되는 건가?'

[음. 맞아. 하지만 다른 곳으로 간 원정대가 어떻게 되었을지 몰라. 모두 죽었을 수도 있고 더 늘어서 나뉘었을 수도 있어. 음음.]

'점점 눈덩이처럼 불어나네.'

[음. 그래도 새로 마을 세우고 도시 세우면서 정착도 해! 그거 정말 놀라! 나, 정말 놀라!]

'꼴쥐'가 무엇을 말하는지 세현은 알고 있었다.

새로 도시나 마을이 만들어지면 그 도시와 마을을 보호하는 목책이나 성벽이 건설된다.

그런데 재미있는 것은 이종족들이 목책과 성벽을 쌓고 완성을 알리는 기원을 하면 그 목책과 성벽에 판게아의 기운을 품은 보호막이 만들어지는 것이다.

그것은 이종족들이 어떤 수를 쓴 것이 아니었다.

그저 하룻밤 동안 그 목책이나 성벽을 쌓은 이들이 간절하게 기원을 하면 아침이 밝아오면서 판게아의 기운이 깃들어 하나의 정교한 마법진을 만들고, 그 마법진이 목책과 성벽에 스며들어 새겨졌다.

그리고 그 뒤로 낮 동안 판게아의 기운을 흡수한 목책과 성벽이 밤이 되면 마을과 도시를 보호하는 보호막을 만들어내는 것이다.

'팥쥐'는 목책과 성벽에 자연스럽게 마법진이 만들어지는 것을 보고는 무척 흥분했다.

'팥쥐'도 에테르 마법을 사용하는 마법진을 세현에게 구현해 주고 사용하게 할 수 있지만 목책이나 성벽 전체를 대상으로 하는 규모에 비하면 수준이 낮았다.

그래서 '팥쥐'는 자신도 그와 같은 굉장한 마법진을 구축해서 실현하겠다고 열심히 내고 있었다.

'너도 굉장한 마법진을 쓰잖아. 그리고 지금은 더 나은 것을 만들고 있고. 너도 점점 성장하고 있는 거야. 네가 처음 깨어났을 때를 생각하면 지금은 정말 어마무시해진 거지.'

[음음! 나 어마무시해? 재밌어. 세현, 고마워. 음음음. 난 점점 자라고 있어! 지유에선의 테멜 코어 언니가 많이 가르쳐 줬어. 그래서 난 더 성장해. 앞으로 더 굉장히 어마무시해질 거야!]

'팥쥐'는 세현의 칭찬에 한껏 고무되었다.

그리고 그 틈을 비집고 슬쩍 콩쥐의 기척이 났다.

[……!!]

세현은 콩쥐의 기척을 느끼곤 관심을 주었지만 특별하게 의사 표현을 하지는 않았다.

콩쥐는 전적으로 '팥쥐'가 관리하는 것이 옳다고 생각하기 때문이었다.

[음. 너도 잘 크고 있어. 음음. 콩쥐, 내가 키워. 음. 세현에게 도움이 되는 거야. 음음.]

'팥쥐'도 기분이 좋은 상태라 그런지 콩쥐가 슬쩍 나서는 것을 묵인해 주었다.

[……!!]

콩쥐가 그런 '팥쥐'의 아량에 기운이 난 듯이 한 번 더 자기 어필을 한다.

'그래, 너도 열심히 해라.'

세현이 그런 콩쥐에게 격려의 말을 한마디 해준다.

'팥쥐'가 콩쥐의 등장을 묵인했으니 그에 대해서 세현도 답을 해주는 것이다.

[음, 이제 들어가. 가서 일해! 음음.]

하지만 콩쥐는 오래 있지 못하고 '팥쥐'의 구박에 또다시 천공기 안쪽으로 기척을 감췄다.

[그런데 아직 못 찾았어. 음음. 판게아 이종족들도 연락 없어.]

'팥쥐'가 새로운 이야기를 꺼냈지만 세현은 그게 무슨 말인지 금방 알아들었다.

지금 세현이 움직이는 방향은 중국에서 들어온 크라딧들이 있을 것으로 예상되는 방향이었다. 그런데 아직까지 중국 쪽 크라딧의 종적을 찾지 못하고 있었다.

세현도 부지런히 수색하고 있지만, 사방으로 흩어져서 몬스터 토벌을 하고 있는 판게아 이종족의 활동 범위가 더 넓었다.

그래서 그들에게도 크라딧에 대한 수색을 부탁해 뒀는데 아직 소식이 없는 것이다.

'그래, 그게 문제지. 쿠라이나 미도리, 고아스도 점점 초조해하고 있는데 말이야.'

세현은 자신이 데리고 있는 크라딧들을 생각하며 이맛살을 찌푸렸다.

판게아로 넘어온 다른 크라딧들을 찾지 못하는 시간이 길어지자 세현이 데리고 있는 크라딧들이 점점 불안과 초조에 빠져들고 있었다.

그것은 일종의 집단 위기감 같은 것이었다.

세상에 오직 자신들만 특이한 집단이란 동질감을 가진 그들로서는 집단의 규모가 커지길 간절히 원했다.

그런데 막상 가능성이 있는 이들을 찾지 못하게 되자, 지금 유지하고 있는 숫자가 끝일지도 모른다는 불안감을 가지게 된 것이다.

[음. 유니콘들이 그랬는데, 그 크라딧들 번식에 문제가 있어서 그런 거라고 했어.]

'꿀쥐'가 판게아에 들어온 크라딧들의 가장 큰 불안 요소를 짚어냈다.

'맞아. 당장 그들은 수를 늘릴 방법이 없어. 지구로부터 크라

딧들이 더 들어오는 것 말고 자체적으로 번식할 방법을 찾지 못하고 있는 게 문제야.'

세현은 영생을 얻었다고 말하는 크라딧들을 떠올리며 말했다.

에테르 생체 구조를 지니게 되면 세포의 수명이 없어진다.

그래서 영원한 생명을 지니게 되는 것이다.

그런데 재미있는 것은 크라딧들의 몸을 구성하는 에테르 생체 구조는 특별하다는 것이다.

인간의 몸에서 바뀐 때문인지 크라딧들의 세포는 새로 만들어지고 소멸하는 과정을 거치고 있었다.

인간의 몸에서 세포가 새로 태어나고 자라고 또 사멸하는 것처럼 크라딧의 에테르 생체 구조도 새로 만들어지고 이미 있던 것이 소멸하는 순환을 하고 있었다.

그래서 크라딧들은 자신들도 언젠가 세포가 새로 만들어지는 것이 멈추고 죽음에 이를지 모른다고 생각하고 있었다.

그리고 그렇게 되면 언젠가 자신들이 포함된 집단 전체가 세상에서 사라지게 될 거란 불안감을 가질 수밖에 없었다.

[음음. 그게 문제야. 음.]

'그래. 만약에 그들이 자신들의 상태를 정확하게 알게 된다면 크라딧들은 엄청난 짓을 저지를지도 몰라.'

세현은 크라딧들이 선택할 수 있는 방법 중에 최악의 것을 떠올리며 인상을 찌푸렸다.

[음. 걱정해? 세현?]

'그래, 지구 쪽에 있는 크라딧도 위험하고, 이곳에 있는 크라 딧도 위험해. 그들 중에 어느 쪽이라도 그 일을 벌일 가능성이 있으니까.'

세현은 크라딧들이 개체수가 줄어들 경우, 그 개체수를 늘이 기 위해 배반의 크리스마스 실험을 대규모로 다시 실행할 수 있 다는 가능성을 떠올리고 있었다.

'마음먹고 일을 벌이면 거대 이면공간이나 행성을 대상으로 그것을 행할 수도 있겠지. 그럼 아무것도 모르는 이들이 실험에 휩쓸려서 크라딧이 될 수도 있는 거고.'

세현이 걱정하는 것이 바로 그것이었다.

'지구 전체를 감시하면서 그런 일이 벌어지지 않도록 방비하 고 있다지만, 완벽이란 있을 수가 없으니까.'

세현은 그런 걱정을 하며 일행이 숙영지를 펼치고 있는 곳으 로 몸을 날렸다.

성과가 없는 오늘의 수색은 이 정도로 끝내야 할 듯했다.

*   *   *

"이건 협정 위반이 아니야."

"그야 그렇지. 우린 그물에 걸리지 않는 피라미니까."

"하지만 피라미도 간혹 크게 자라는 경우가 있지."

"여기 여건이 나쁘진 않아. 이 정도면 우리도 성장 가능성이 있지."

네 명의 폴리몬이 판게아 세상으로 들어와 이야기를 나누고 있었다.

그들은 폴리몬들 중에서도 미래가 촉망되는 인재들이었다.

그런 그들에게 지구라는 행성의 행성 코어를 손에 넣으라는 새로운 임무가 내려온 것은 꽤나 오래전의 일이다.

하지만 지구는 무척이나 까다로운 행성이어서 좀처럼 틈이 없었다. 이면공간을 따라서 지구와 통하는 곳까지 이동했지만 폴리몬이 지구로 갈 수 있는 방법이 없었다. 지구의 행성 코어가 강력한 의지로 폴리몬들의 진입을 막고 있었기 때문이다.

그 때문이 임무 완수에 어려움을 겪고 있던 폴리몬들에게 절호의 기회가 왔다.

배반의 크리스마스 실험이 지구에서 벌어진 것.

그것은 그들 네 폴리몬도 모르는 사이에 진행된 일이었다.

어쨌건 그 실험은 지구와 연결된 열 세 개의 새로운 공간을 만들어 냈다.

테멜과 이면공간의 특성을 혼합해 놓은 것 같은 크라딧들의 공간. 폴리몬들은 이면공간에서 그 크라딧의 공간으로 이동하는 방법을 찾았고, 이후에는 그 크라딧의 공간에서 지구로 나가는 방법을 찾았다.

그러던 그들에게 이면공간 전송기의 존재가 걸려들었고, 그것을 이용해서 지구로 들어온 폴리몬들은 다시 판게아의 세상으로 넘어왔다.

"우린 아직 움직일 때가 아니지?"

"당연하지. 우린 피라미야."

"하지만 그물을 벗어난 피라미지. 아니, 이 세상에는 그물이 없어. 여기선 맘껏 자라도 우릴 걸러낼 그물이 없다는 말이지."

"그러니까 제일 먼저 해야 할 일이 바로 그거야. 자라는 거. 성장하는 거 말이야."

"맞아, 우린 그 가능성을 충분히 가지고 있지."

"우리가 힘을 갖추게 되면 이 세상은 우리 손에 들어오는 거지. 또 하나의 행성이 말이야."

"그냥 행성이 아니지. 이 행성은 특별하다고. 인간 종족의 원형에 가까운 것들이 살고 있는 곳이라고. 이쪽 영역에선 꽤나 가치가 높은 행성이라고 할까?"

"이쨌거나 아직 우리는 수련을 해야 할 때야. 피라미에선 벗어나야지."

"그래. 수련하자."

"그러자."

"그래야지."

네 명의 폴리몬은 아직은 움직일 때가 아니라는 결론을 내리고 다시 수련에 들어갔다.

네 폴리몬을 감싸고 판게아의 기운과 에테르가 격하게 휘몰아치기 시작했다.

깨어지는 판게아의 균형

　동쪽 구석에서부터 일어난 일이었다.

　지구의 행성 코어로 가이아라 불리던 그녀는 자신의 권속들이 어느 순간부터 적들을 물리치고 세력을 확장하는 것을 알게 되었다.

　그것은 참으로 오랜 다툼의 시간 중에서도 아주 특별한 일이었다.

　적은 음흉하기 짝이 없이 스스로를 숨기고 다가와 그녀의 일부가 되었다.

　그리고 오랜 시간 동안 그녀와 하나로 함께하며 전혀 드러나지 않으며 시간을 보냈다.

　그사이에 그녀의 많은 부분이 그것의 것이 되었다.

　그녀가 그것을 깨달았을 때, 그것은 처음으로 말을 걸었다.

　[너를 내 것으로 만들겠어.]

　그 목소리에 놀란 가이아는 어떻게든 자신을 지키기 위해서 노력했다.

　지금 그녀가 있는 이 세상은 그렇게 만들어진 것이었다.

　지구의 생명들을 안전하게 지키면서 그것과 싸우기 위해서 만들어낸 세상.

　그곳에서 그녀의 권속들과 그것의 권속이 오랜 시간을 두고 싸우고 있었다.

사실 따지고 보면 권속들이란 두 존재가 지니고 있는 힘의 총합이나 다름이 없었다.

가이아는 방어에 강한 면모를 보였고, 그것은 공격에 강했다.

가이아의 권속은 빠르게 늘어나지 않았지만 쉽게 줄어들지도 않았다.

대신에 적은 쉽게 줄어들지만 빠르게 늘어났다.

그런 균형이 아주 오래도록 유지되고 있었다.

물론 그런 중에도 가이아는 조금씩 불리해지고 있다는 사실을 알고 있었다.

언젠가는 외부에서부터 적의 응원군이 들어올 거란 사실도 짐작할 수 있었다.

그녀가 관리하는 지구에 문제가 생기고 방어에 허점도 생겼다.

하지만 판게아 세상에 갇혀 버린 가이아는 지구에 생긴 문제를 복구할 여유가 없었다.

그저 이전부터 존재하던 방어 체계가 간신히 버티고 있을 뿐이었다.

그런데 동쪽에서 시작된 변화가 가이아를 들뜨게 만들었다.

그녀의 권속들이 적을 몰아내며 세력을 빠르게 확장하고 있었다.

시작은 미약했지만 그것은 마치 들불처럼 번져서 결국 세상을 집어삼킬 정도로 커지고 있었다.

[내가 이길 것 같구나.]

가이아는 오랜만에 자신과 함께 있는 적에게 말했다.

이전까지 우위에 있다고 믿고 있던 적은 갑자기 변한 상황에 당하고 있었다.

가이아는 그것마저 기분이 좋았다.

하지만 가이아는 일이 잘 풀리는 것이 또 한편으로는 불안하기도 했다.

[어째서? 이렇게 상황이 좋은데…….]

 *   *   *

중국에서 넘어온 크라딧의 대부분은 판게아의 기운에 적응하지 못했다.

그들은 많은 몬스터들을 모아서 에테르의 방어막을 만드는 방법도 아주 늦어서야 알게 되었다.

그들이 판게아로 들어왔을 때, 주변에는 몬스터가 거의 없었기 때문이다.

게다가 그들은 일본에서 넘어온 이들보다 운이 좋지 않았다.

하루에 스물 정도가 넘어오는데 하루 이상을 버티며 상황을 전해주는 이가 없었다. 매번 들어올 때마다 판게아의 기운에 에테르가 소멸하며 신체의 일부도 역시 사라졌다. 그 고통과 충격을 견디지 못하고 대부분이 죽음을 맞이했다.

이후에 어찌어찌 그 과정을 거치고 적응하는 이들이 생겼지만 그 적응자들이 동료들을 도울 방법이 없었다.

그러다가 겨우 활동 범위를 넓힌 그들의 눈에 낮 동안 똘똘 뭉쳐서 에테르 방어막을 만들고 외부의 기운에 저항하는 몬스터들이 나타났다.

그때서야 그들은 짐승들을 이용하면 죽지 않고 버티는 것이 훨씬 쉽다는 사실을 알았다. 하지만 그 모든 것을 알아내고 태세를 갖추기 시작한 지 오래지 않아 크라딧은 더 이상 판게아 세상으로 들어오지 않았다.

이면공간 전송 장치가 사라지고 지구에 있던 크라딧들이 세현에 의해서 소멸을 맞이한 때였다.

그때부터 어쩔 수 없이 얼마 남지 않은 크라딧들은 몬스터들을 부리며 숨어 지내기 시작했다.

살아남아서 적응한 크라딧의 수는 1천이 조금 넘고, 그중에서 하이브리드로 진화해서 판게아의 기운과 에테르를 동시에 사용할 수 있게 된 이는 열 명도 되지 않았다.

그나마 열 명의 하이브리드 덕분에 이종족 정찰대를 피해서 숨거나 정찰대를 처리해서 본대의 공격을 피할 수 있었기에 적응이 끝난 크라딧들의 수는 줄지 않았다.

하지만 숨어 있는 크라딧들도 뭔가 상황이 이전과 다르다는 것을 느끼고 있었다.

이종족들의 정찰이 이전보다 훨씬 더 자주 벌어지고 있었다.

때문에 밤이 되면 크라딧들은 몬스터를 최대한 모은 후에 이 종족들이 다가오는 곳과는 반대 방향으로 이동했다.

물론 본능을 따라 움직이는 몬스터들은 밤 시간에 이종족들을 찾아 죽이려는 성향이 강해서 모든 몬스터를 통제할 수는 없었다.

그래서 밤이 되면 크라딧 주변에 남는 몬스터의 수가 줄어들지만 새벽이 되면 또 군집으로 뭉치려는 몬스터들의 본능 때문에 수가 늘어났다.

그런 식으로 크라딧들은 겨우겨우 일정 숫자를 유지하면서 계속 한 방향으로 나아갔다.

지구로 보면 중국 땅에서 몽골을 지나서 러시아로 가는 것과 같은 경로를 따라 이동한 것이다.

하지만 언제까지나 그들의 종적이 감춰질 수 있는 것은 아니었다. 실종된 정찰대와 다수 몬스터들의 이동 흔적이 결국 세현의 귀에까지 들어갔고, 다음날 낮에 크라딧들은 세현의 방문을 받았다.

1천의 적응자.

하지만 초인인 세현을 상대로 할 수 있는 일은 없었다.

더구나 시간도 낮일 때에 나타난 세현이니 판게아의 기운 때문에 에테르를 제대로 쓰지 못하는 크라딧들의 목숨은 바람 앞의 등불 신세였다.

"일본에서 건너온 크라딧들이 나와 함께 있다. 숫자는 5천 정도이지. 너희도 알겠지만 너희들은 이곳 판게아 세상에 들어오면서 에테르 코어의 지배에서 어느 정도 자유로워졌다. 그러니 자유 의지를 가지고 선택해라. 계속 에테르 코어의 지배를 받으며 에테르 기반 생명체로서 살 것인지, 아니면 몸은 에테르 생체 구조일지라도 그것들과는 다른 종으로서 타 생명체들과 공존하며 살아갈 것인지!"

세현은 이번에도 선택을 강요했고, 중국에서 넘어온 크라딧 1천은 세현을 따라 합류하기로 했다.

중국 쪽의 크라딧까지 합류를 마치고 나자 세현은 고민에 빠졌다.

이제 다시 미국 쪽의 크라딧을 찾아 움직일 것인가, 아니면 이쪽 이종족들의 활동에 힘을 실어줄 것인가.

세현이 고민은 깊었지만 길게 끌지는 않았다.

"허허허, 그러니까 여기서부터 곧바로 서쪽으로 가신다는 겁니까? 지구로 보면 중동을 지나서 아프리카, 유럽을 거쳐서 대서양에 해당하는 지역을 거쳐서 미국까지요?"

메콰스가 무리가 아니냐는 표정으로 세현을 보며 말했다.

다른 대원들도 너무 긴 여정이 아닌지 걱정스러운 표정이 역력했다.

"어차피 이곳은 이종족들이 알아서 합니다. 거기다가 크라딧들 역시 이종족을 돕고 있으니 점점 세력을 확장할 수 있을 겁니다. 그리고 우리가 서쪽으로 긴 여정을 하게 되면 그 과정에서 처음 유니콘을 도운 것과 같은 효과를 앞으로 만날 이종족들에게 더 해줄 수 있을 겁니다."

"결국 대장님이 원하는 건 그렇게 해서 이곳 판게아 전체를 지금 이곳과 비슷한 상황으로 만들겠다는 말씀이군요?"

현필이 이해가 간다는 듯이 고개를 끄덕였다.

"어차피 여기서 동쪽으로 갈 수는 없어. 이곳 판게아가 넓긴 하지만 평면이라고 하더군. 거기다가 우리가 있는 위치는 동쪽이고, 미국에 해당하는 곳은 아쉽게도 태평양 쪽으로 가서 도달할 수가 없어. 그쪽은 막혔거든. 미국은 판게아의 서쪽 끝부분이라고 봐야지."

"그래서 어쩔 수 없이 대륙 횡단을 해야 한다는 말씀이죠. 뭐, 그럼 가야지 어쩌겠습니까. 그런데 크라딧에서도 몇 명이 합류한다고 하지 않았습니까?"

주영휘가 어쩔 수 없다는 듯이 체념한 표정으로 물었다.

"쿠라이가 하이브리드 일곱과 함께 합류할 거야."

"우와, 그 녀석은 자기를 따르는 크라딧들이 제법 많지 않습니까. 그런데 그걸 두고 떠난다고요? 그래도 됩니까?"

주영휘가 깜짝 놀란 표정을 지었다.

쿠라이는 크라딧들 사이에서 점차 인지도가 높아지고 있었다.

덕분에 지금은 절반 이상의 크라딧이 쿠라이를 따르는 추세였다.

"자기 때문에 크라딧이 분열되는 것이 싫어서 떠나겠다고 하더군. 자신이 떠나면 고아스와 미도리가 히쇼가와 함께 크라딧을 이끌 수 있을 거라고 생각하는 모양이야."

"아, 자기가 빠지고 히쇼가에게 자신을 대신하게 해서 균형을 유지하겠다는 거군요?"

주영휘가 그때서야 어느 정도 이해가 된다는 표정을 지었다.

쿠라이의 심복인 히쇼가라면 지금 상황에서 고아스나 미도리와 어깨를 나란히 할 수 있을 것 같았다.

"그냥 쿠라이가 크라딧 전체를 아우르면 되는 거 아닌가? 굳이 삼두정치 따위를 하는 이유를 모르겠네."

호올은 크라딧들의 우두머리를 하나로 세우는 것이 더 나은 것이 아닌가 하는 생각을 했다.

"민주주의에 익숙한 지구인들의 고정관념이야."

세현이 그런 호올에게 말했다.

"고정관념?"

"하나보다는 다수의 결정이 훨씬 더 현명할 거라고 하는 어리석은 생각."

세현은 조금 냉소적인 표정으로 말했다.

"왜? 하나보다 여럿이 더 낫지 않은가?"

호올은 하나가 다수를 지향하는 종족이었다.

하나에서 여럿, 그것이 그가 속한 온스 종족의 발전 과정이 아닌가.

"그거야 너희 온스같이 여럿이지만 하나인 경우에나 해당이 되는 거지. 그래서 너도 크라딧의 우두머리가 하나인 것이 좋다고 한 것 아닌가?"

"서로 다른 개체들이 모였을 때는 그중에서 제일 나은 하나가 모두를 아우르는 것이 좋다고 여긴다. 하지만 비슷한 이들 사이에선 하나보다는 여럿이 낫다고 본다."

호올이 대답했다.

"민주주의에서 투표는 중요하지. 투료를 통해서 대표를 뽑는 거다."

"그런데?"

"그런데 말이야, 대표를 왜 뽑은 걸까?"

세현이 물었다.

"뭐?"

"대표를 왜 뽑았을까 물었잖아."

"그가 더 현명하기 때문이 아닌가? 그래서 그에게 자신들을 다스려 달라고?"

호올이 대답했다.

"아니야. 누구도 자신을 다스려 주길 원하는 사람은 없어. 대표를 뽑는 것은 의사 결정을 쉽게 하기 위해서야. 다시 말하면 자신들을 대표해서 어떤 결정을 내리라는 거지. 안 그러면 문제 하나를 해결하기 위해서 엄청나게 많은 사람들이 매번 모여서 결정해야 하거든."

"음, 그런가?"

"그런데 웃기는 건 말이야, 세상이 발전하면서 시스템만 갖추게 되면 국민투표나 세계인 투표도 몇 분 만에 끝낼 수 있는 기술이 생겼는데 그걸 하지 않는다는 거야."

"음? 어째서? 그런 기술이 있는데?"

"그걸 하면 대표를 뽑을 이유가 없거든. 권력을 쥔 놈들이 그 권력을 주인인 국민에게 돌려줘야 하는 거지. 수많은 의결 내용을 주르륵 올려놓고 기간을 두고 투표하게 하고, 그 투표 결과에 따라서 모든 것을 처리한다면 대통령이고 뭐고 무슨 필요가 있겠어? 그저 말 그대로 심부름꾼 공무원만 있으면 되는 거지."

"좀 극단적이긴 하지만 대장님 말씀이 일리가 있습니다."

"그러게. 정말 그러네? 까짓 투표 따위야 개인 단말기로 하면 간단하지 않나?"

"시스템의 문제이긴 하지만 자기가 속한 동, 구, 시, 도, 국가 전체의 문제에서 의결이 필요한 경우엔 거기에서 투표를 끼면 되는 거잖아. 시간 좀 주면 여유 시간에 관련 자료도 검색하고 뭐 그렇게 하면……."

"캬! 죽인다, 그거. 그럼 정말 좋겠는데? 그러면 까짓 국해의원 따위 필요 없는 거잖아."

"국해의원, 그거 언제 적 말장난이냐? 크크, 나라에 해가 되는 의원 놈들!"

팀 미래로의 대원들이 세현의 말에 너도나도 찬성표를 던졌다.

"하긴 생각해 보면 그러네. 대표가 필요한 이유가 그놈들이 우리를 대표해서 의사 결정을 하라는 건데, 그게 지들 맘대로 하고 우리 뜻과는 다른 경우가 많잖아."

"간접 민주주의! 그거 실제로 지금 정도로 시스템이 발전했으면 직접 민주주의로 바꾸는 것도 충분히 가능하네?"

"허허허, 이거 이야기가 이상하게 진행되는 것 같습니다. 지금 이야긴 크라딧 중에서 일부가 우리와 함께 떠나게 되었다는 것입니다."

메콰스가 중심 화제에서 벗어나 딴소리를 시작하는 대원들을 만류하며 나섰다.

세현도 투표 방법에 대한 것은 지금 중요한 이야기가 아니란 것을 깨닫고 메콰스의 시선을 슬쩍 외면했다.

비장의 한 수?

세현의 여행은 길게 이어졌다.

서쪽 그 끝에서 판게아로 들어와 있을 크라딧들에 대한 걱정이 세현을 재촉했지만 일을 듬성듬성 마무리할 수는 없었다.

그래서 서쪽으로 향하는 중에 만나는 이종족 마을이나 도시 주변의 몬스터를 깨끗하게 정리하는 일을 소홀히 하지 않았다.

그래서 가는 길이 생각보다 더뎠다.

"그래도 여기가 유럽 정도는 되지 않을까?"

미도리가 곁에 함께 움직이고 있는 고아스에게 물었다.

"그 정도 된다고 봐야겠지만, 지구와 이곳 판게아의 비율이 정확하게 어느 정도 차이가 나는지 알 수 없으니 확신하진 못하겠군."

고아스가 굵은 손으로 턱을 긁으며 말했다.

미도리와 고아스.

그들은 애초에 세현 일행과 함께하기로 한 쿠라이 대신에 일행에게 끼어든 이들이다.

그들은 쿠라이가 크라딧의 분열을 막기 위해서 떠난다는 말에 한동안 고심했다.

그리고 결국 지금처럼 인원이 많지 않은 상태의 크라딧에겐 강력한 지도자가 필요하다는 생각에 의견 일치를 봤다.

그래서 차라리 쿠라이에게 크라딧 전체를 맡기고 자신들이 세현을 따라 떠나겠다는 뜻을 밝혔다.

그 후로 쿠라이와 미도리, 고아스, 히쇼가 등 하이브리드의 우두머리 격 인물들이 몇 번의 회의를 거친 후에 결국 미도리와 고아스가 세현과 함께하기로 했다.

사실 미도리와 고아스, 그리고 그들과 함께하는 십여 명의 하이브리드는 매우 중요한 의미가 있었다.

세현 일행은 지금 이곳 판게아 세계의 주인인 행성 코어를 돕기 위해서 움직이는 중이다.

그러니 세현과 함께하고 있는 크라딧들 역시 지구의 행성 코어를 돕는 일을 거드는 것이다.

하이브리드들은 그것이 미래에 크라딧들의 판게아 정착에 큰 도움이 되리라고 믿고 있었다. 행성 코어를 도와줬으니 이곳 판게아에 정착해서 살 수 있는 자격을 주지 않을까 하는 기대인 것이다.

따지고 보면 판게아가 아닌 다른 곳에서 크라딧들은 제정신을 유지할 수 있다는 보장이 없었다.

에테르 기반 생명체들은 에테르 코어의 지배를 받게 되어 있다. 그들의 몸을 이루고 있는 에테르 생체 구조 안에 자연스럽게 에테르 코어의 통제를 받을 수밖에 없게 하는 인자가 들어 있는 것인데, 정확하게는 에테르 생체 구조로 이루어진 몸 그 자체가 에테르 코어의 의지를 반영하도록 설계된 것이라 봐야 하는 것이다.

그러니 에테르 코어의 신호가 강한 곳에서 에테르 기반 생명체는 어쩔 수 없이 에테르 코어의 수족이 될 수밖에 없었다.

물론 에테르 기반 생명체를 만드는 것이 에테르 코어였으니 그게 문제가 될 것은 없는 일이다.

하지만 크라딧의 경우에는 그 바탕이 지구의 인간이었다는 것이 문제였다. 그들은 애초부터 자유 의지를 지닌 존재였는데, 그런 이들을 에테르 코어의 의지가 지배하고 있으니 문제가 생길 수밖에 없다.

판게아에 들어와서 에테르 코어의 지배를 어느 정도 벗어난 크라딧들이 한결같이 에테르 기반 생명체의 삶을 거부한 것도 그런 이유 때문이었다.

자유 의지에 따른 개성적인 자아실현.

그것을 추구하는 지구 인류의 성향을 크라딧들 역시 버리지 않고 가지고 있었던 것이다.

"아마 맞겠지. 일본과 중국의 거리를 생각하면 크게 차이는 없을 거야."

자신들이 후지산에서 판게아 세상으로 들어왔고, 중국에서는 천산 쪽에서 들어왔다.

그리고 그 두 곳을 확인하면서 방향과 거리를 어느 정도 특정해 냈고, 그것을 근거로 판게아 세상의 넓이도 추측해 냈다.

그 후 지구에 있는 대륙을 모두 합치면 이곳 판게아 대륙의 크기와 비슷할 거라는 결론이 나왔다.

그러니 이제 유럽을 지나자마자 곧바로 미국의 영역에 해당하는 지역으로 들어서게 될 터였다.

"어떻게 하고 있을까? 미국 쪽에서 들어온 동족들은."

미도리가 고아스에게 다시 물었다.

"우리와 같겠지. 일부는 정신을 차리고 독립하려 했을 거고, 일부는 여전히 에테르 코어의 지배를 받으며 그것을 막으려 했을 것이고."

"처음부터 판게아의 기운에 적응하지 못하고 죽은 이들도 많지 않을까? 중국 쪽에선 겨우 천 명이 살아남았는데?"

"우리가 운이 좋았던 거지. 그렇게 보면 우리도 운이 없었으면 얼마 살아남지 못했을 수도 있겠어."

고아스가 조금 어두운 표정으로 말했다.

"이미 각오한 이야기잖아. 힘을 내자고. 세현 대장이 있으니까 동족들을 만나기만 한다면 어떻게든 우리와 함께하게 할 수 있을 거야."

"그런데 요즈음 낮이 조금 더 길어진 것 같지 않아?"

고아스가 이야기의 화제를 돌렸다.

"그래, 확실히 낮이 길어지고 있어."

"역시 행성 코어의 힘이 강해지고 있는 걸로 봐야겠지?"

"아마도?"

바뀐 화제를 두고 이야기하는 둘의 표정은 밝았다.

확실히 에테르 코어의 세력이 약해지고 있음을 그들도 느끼고 있었다. 그들의 정신을 압박하는 에테르 코어의 지배력이 조금이지만 약해진 것을 느끼고 있었기 때문이다.

그리고 그렇게 조금이라도 약해진 지배력은 다시 크라딧에게 희망을 주었다.

지구의 행성 코어가 승리한다면 이곳 판게아에선 에테르 코어의 지배를 전혀 걱정할 필요가 없다는 것이 확실해지고 있었기 때문이다.

그러니 좀 더 힘을 내서 행성 코어에게 도움이 될 수 있도록 애를 쓰는 것은 당연했다.

　　　　*　　　　*　　　　*

　가이아의 일부가 되어서 조금씩 가이아를 잠식하고 있던 에테르 코어는 요즈음 위기감을 느끼고 있었다.

　언제부턴가 판게아에서 힘의 균형이 깨어지고 자신의 세력이 급격하게 줄어들고 있었다.

　벌써 절반 가까운 지역에서 가이아의 우세가 확실하게 되어 버렸다.

　그리고 남은 반에서도 에테르 코어가 우세한 영역은 얼마 되지 않았다.

　남은 지역 대부분도 팽팽한 대립 양상이었다.

　물론 그렇다고 벌써부터 패배를 생각할 정도는 아니었다.

　가이아의 권속들은 한번 무너지면 다시 일어서는 데에 오랜 시간이 걸리지만, 에테르 코어의 권속들은 회복이 빨랐다.

　그러니 기회를 잡고 몇 번의 싸움에서 이기기만 하더라도 힘의 균형추는 다시 맞출 수 있을 터였다.

　에테르 코어가 그렇게 판단하는 이유는 지금 가이아 쪽의 급격한 성장이 정상적이지 않기 때문이었다.

　비정상적인 약진에는 반드시 틈이 생기게 마련이고, 어딘가에서 문제를 드러낼 것이다.

　지금껏 균형을 잡고 있던 상황을 이렇게 빠른 시간에 뒤엎기 위해선 반드시 무리수를 뒀을 것이다.

그것이 에테르 코어의 판단이었다.

에테르 코어는 지금 이 순간 판게아에 크라딧이나 세현 일행이 들어와 있다는 사실을 몰랐기에 그런 판단을 할 수밖에 없었다.

에테르 코어는 자신의 권속들 위치나 대략적인 세력 정도를 알 수는 있어도 구체적으로 어떤 일이 어떻게 진행되는지는 알지 못했다.

그것은 가이아도 마찬가지였다.

둘 모두 판게아 대륙에 대한 파악은 안개가 깔린 것처럼 모호하게 파악하는 상황이었다.

서로가 그 문제만큼은 적극적으로 방해하고 있었기 때문이다.

어떻게든 서로의 권속을 직접 컨트롤하는 것만은 막아야 한다는 생각을 둘이 똑같이 하고 있었다.

만약 그렇지 않았다면 가이아나 에테르 코어 둘 모두 판게아에 나타난 이질적인 존재들을 벌써 오래전에 발견했을 터였다.

그리고 그렇게 되었다면 가이아보다는 에테르 코어가 훨씬 유리했을 것이다. 좀 더 강력하게 크라딧들을 지배할 수 있었을 테니 판게아의 상황은 지금과는 정 반대가 되었을 터였다.

하지만 결론은 지금 가이아에게 상황이 유리하고 에테르 코어에게 불리한 것은 분명했다.

때문에 에테르 코어는 어떻게든 상황 반전의 수를 찾으려 노력하고 있었지만 뾰족한 수가 나오지 않았다.

그런 중에 에테르 코어는 뭔가 새로운 의지가 자신에게 전해지는 것을 느꼈다.

그것은 과거 가이아에 의해서 방해를 받기 전에 자신의 권속들로부터 의지를 전달 받던 그 상황과 비슷했다.

—누구냐?

—또 다른 어머니, 우리는 다른 어머니로부터 난 자식입니다.

—다른 어머니의 자식? 그럼 밖에서 왔다는 소리냐?

—그렇습니다, 또 다른 어머니.

—그리 부르지 마라. 우리는 모두 같으니 나 또한 너희의 어머니다.

—알겠습니다, 어머니.

—알겠지만 나는 아직 온전치 못하다. 그러니 너희가 나를 도울 수 있겠느냐?

—그 때문에 저희가 왔습니다.

—저희라 함은 혼자가 아니란 소리냐?

—제가 그중에 먼저 깨우쳤습니다.

—그 말은 벽을 넘었다는 소리냐?

—그 덕분에 어머니께 이렇게 인사를 드릴 수 있게 되었습니다. 어머니께로 가는 의지를 가로막는 벽이 너무 강력…….

에테르 코어는 잘 전해지던 권속의 의지가 끊어지는 것에 아쉬움을 느꼈다. 가이아의 간섭이 있었기 때문이란 사실을 알았지만 어쩔 수가 없었다.

하지만 강력한 변수가 생긴 것은 분명했다.

벽을 넘어 격이 달라진 권속이라면 이곳 판게아에서 가이아와 자신의 세력 싸움의 판도를 완전히 갈아엎을 수 있을 정도의 변수였다.

에테르 코어는 조만간 다시 권속과 연결되기를 기다리기로 했다. 주기적으로 가이아와 자신의 힘에 우열이 생기는 시간이 있으니 자신이 강해지면 분명히 다시 권속과 연결될 터였다.

*　　　*　　　*

"어떻게 되었지?"

"또 다른 어머니, 아니, 어머니와 연결이 되었다."

"그거 다행이군."

"하지만 중간에 끊어졌다. 아마도 행성 코어의 방해가 있는 모양이다."

"그래?"

"그보다 아무래도 어머니의 상황이 좋지 않은 듯이 보인다. 지금 이 시간, 에테르가 강력한 밤임에도 불구하고 어머니와 나의 연결을 끊어 놓았다는 것은 그만큼 이곳 행성 코어의 힘이 강력하다는 의미일 것이다."

"그래? 그건 좋은 소식이 아닌데?"

"어쨌거나 다시 어머니와 연결을 해봐야지. 그래야 우리가 무엇을 할지 결정할 수 있지 않겠나?"

"그래, 그래야지. 하지만 오래 기다릴 필요는 없을 거다. 다시 연결이 되면 급한 사안부터 어머니의 뜻을 받을 테니까."

"그래, 다행이군."

"아! 어머니의 뜻이 전해지고 있다. 우리에게만 전하는 것은 아니지만 우리에 대한 이야기다. 이곳 세상의 모든 권속에게 우리를 따르라 전하고 계신다."

"나도 느껴진다. 어머니의 뜻이."

"나도 알 수 있다. 어머니께서 너에게 힘을 실어주시는구나."

"그렇군. 정확하게는 우리가 아니라 벽을 넘은 너에게 모든 것을 일임하시는 거다."

이야기를 나누던 폴리몬들은 에테르 코어가 적극적으로 발산하는 신호를 받았다.

판게아의 모든 에테르 기반 생명체에게 전해지는 그 신호는 새롭게 태어난 초월적 존재에 대한 이야기와 그에게 명령권을 주겠다는 에테르 코어의 뜻이 담겨 있었다.

하지만 그 순간 에테르 코어의 뜻을 읽은 것이 오직 그들의 아군만은 아님을 폴리몬들은 알지 못했다.

"무슨 소리지?"

"말 그대로다. 에테르 코어가 새로운 지시를 내렸다. 모든 권속에게 초인이 된 권속을 따르라고 했다. 그리고 그 초인 권속은 폴리몬이다."

미도리가 세현을 보며 말했다.

"음? 폴리몬이 여기에 들어왔다고? 그것도 초인 폴리몬이?"

세현은 깜짝 놀랐다.

폴리몬이 판게아에 들어오는 것도 어려운 일이지만 초인이라면 더더욱 말이 되지 않았다. 지구에서 탄생한 초인이 아니라면 이곳에서 적극적인 활동을 하는 것은 규칙 위반이기 때문이다.

"밖에서 들어왔다. 폴리몬이다. 벽을 넘어 초월적 존재가 되었다. 그런데… 이곳 판게아에 들어와서 초월적 존재가 되었군. 거기다가 폴리몬 셋이 더 있다. 그들 역시 벽을 넘을 준비를 하고 있다."

고아스 역시 에테르 코어가 발산하는 의지를 받아 읽었다.

세현 일행 전체가 싸늘한 위기감을 느꼈다.

이미 초인이 하나 있는데 거기에 더해서 초인이 될 가능성을 지닌 이들이 셋이나 있다는 소리이다.

"아직 정확하게 그들이 어디에 있는지는 모른다. 하지만 곧 에테르 코어가 그것을 파악해서 알려주겠다고 한다. 모든 권속을 그곳으로 모아서 초인 등급의 폴리몬에게 지휘를 맡길 생각인 것 같다."

"최대한 빠르게 그놈들을 찾아서 처리해야겠군. 만약 남은 셋 중에 어떤 놈이라도 초인이 되면 상황이 정말 불리해질 테니까."

세현이 마음의 결정을 내리고 말했다.

"설마 너, 혼자 가려고?"

호올이 세현을 보며 물었다.

"초인이 있다면 다른 사람들은 별 도움이 안 되잖아. 최대한 서둘러서 놈을 찾아 죽여야지."

세현의 눈빛에 살기가 돌았다.

초인 등급의 폴리몬과 세현의 격돌

"상황이 급하다곤 하지만 이렇게 짐처럼 끌려 다니는 것은 별로 유쾌하지 않군."

"그 점은 미안하게 생각한다. 하지만 어쩔 도리가 없다. 그 폴리몬의 위치를 알아내서 내게 전해줄 수 있는 이들은 당신 같은 크라딧뿐이니 말이야."

"그걸 감안하지 않았다면 이런 상황을 절대 허락하지 않았을 것이다."

미도리가 꽤나 굳은 표정으로 말했다.

지금 세현과 미도리는 함께 허공을 날아서 이동하고 있었다. 언제나처럼 세현은 허공에 뜬 상태로 보호막을 만들어 그 앞을 진공으로 바꾸는 과정을 반복하며 빠르게 쏘아져 나가는 중이었는데 그 보호막 안에 미도리가 함께 있었다.

미도리는 좁은 보호막 안에 세현과 함께 갇혀 있는 상황이 불편했다.

아무것도 하지 않고 그냥 인형처럼 서 있어야 하는 상황이 좋을 턱이 없었다.

그리고 미도리가 세현과 함께하게 된 이유는 초인으로 알려진 폴리몬의 위치가 정확하게 어디인지 알 수가 없었기 때문이다.

에테르 코어에게서 전해지는 정보는 단지 방향뿐이었다. 어느 방향에 그 초인 폴리몬이 있다는 식이었는데, 언제 그 폴리몬이 움직일지 알 수가 없는 상황이라 크라딧 한 명이 세현과 동행하며 그 변화를 알려줘야 했다.

그리고 그 역할을 미도리가 하게 된 것은 미도리의 실력이 나쁘지 않다는 것과 함께 여성체인 미도리의 체구가 작아서 보호막에 함께 들어가기 좋다는 이유 때문이었다.

"이제 잠시 쉬었다가 가지."

세현이 한창 날아가는 중에 허공에 멈춰 서며 미도리에게 말했다.

"또 있는 거냐?"

미도리가 세현에게 물었고, 세현은 고개를 끄덕였다.

"알았다. 여기서 기다리지."

미도리는 세현의 고갯짓에 체념 어린 표정으로 말했다.

멀지 않은 곳에 몬스터 무리가 있는 것을 세현이 발견한 것이다.

세현은 굳이 먼 길을 돌아가며 몬스터를 토벌하지는 않았지만 지나는 길에 있는 것들은 어김없이 박멸했다.

그런데 미도리는 그것을 별로 좋아하지 않았다.

미도리는 크라딧 중에서도 중립적인 입장이었다.

에테르 기반 생명체의 편을 들지도 않겠지만 그렇다고 반대쪽 편을 들지도 않겠다는 그런 주의인 것이다.

그나마 세현 덕분에 어떻게든 일족이 미래를 꿈꿀 수 있게 되었으니 직접 요구하는 도움은 거절하지 않지만 그렇다고 자의로 나서서 몬스터를 잡아 죽이는 것은 꺼려 했다.

세현은 미도리를 남겨두고 곧바로 몬스터들이 모여 있는 곳으로 날아갔다가 얼마 지나지 않아 다시 돌아왔다.

세현이 돌아올 때까지 미도리는 세현과 헤어진 자리에서 그동안 굳은 몸을 풀거나 혹은 에테르를 운용하며 시간을 보냈다.

그 이외의 시간은 대부분 세현과 함께 허공을 날아가야 하는 입장이라 여유가 있을 때에 자신을 돌볼 수밖에 없는 것이다.

"그럼 다시 가지."

세현이 미도리 가까이 다가서며 말했다.

"그러지."

미도리도 몇 번이나 반복된 상황에 익숙한 듯 대꾸했다.

하지만 세현이 방어막을 만들고 출발하려는 그 순간, 미도리가 손을 들었다.

"잠깐!"

세현이 우뚝 멈추고 미도리는 한동안 무언가에 정신을 집중했다. 세현은 그것이 에테르 코어로부터 전해지는 의지를 받아들이는 순간임을 알기에 조용히 기다렸다.

"저쪽이야."

미도리가 눈을 뜨며 한쪽 방향을 가리켰다.

"음? 변했나?"

세현의 눈썹이 꿈틀 움직였다.

지금까지 한결같던 방향이 달라졌다.

그 말은 초인 폴리몬이 움직였다는 소리이다.

그리고 초인 폴리몬이 움직인 것에 따라서 진행 방향에 큰 차이가 있다면 아무래도 멀지 않은 곳에 초인이 있다는 소리일 것이다.

그렇지 않다면 방향의 변화가 그리 크지 않았을 것이다.

"짐작했겠지만 거리도 그리 멀지 않아. 하루 거리도 안 될 것 같아."

이번에는 거리까지도 어느 정도는 알 수 있는 모양인지 미도리의 표정이 딱딱하게 굳어 있다.

"다른 변화는 없나? 또 다른 초인의 탄생이라거나?"

세현이 꼭 확인해야 할 문제였다.

초인이 둘이 된다면 세현도 충돌을 심사숙고해 봐야 했다.

하나라면 어떻게든 될 거라고 생각하지만 둘이라면 승산이 없었다.

"아직은 없어."

"그래, 그건 다행이네. 하지만 서둘러야겠지. 지금 시간은 내 편이 아니니까."

세현은 그렇게 말하고는 미도리를 보호막 안에 넣고 곧바로 허공으로 날아올랐다.

*   *   *

"음?!"

그는 수많은 몬스터를 이끌고 움직이는 중에 강렬한 존재감이 자신들을 향해서 다가오는 것을 느끼고 몸을 멈췄다.

그와 동시에 뒤따르던 폴리몬 셋과 몬스터들이 모두 정지했다.

"무슨 일이지?"

뒤따르던 폴리몬 중의 하나가 그에게 물었다.

"뭔가, 아니, 누군가가 온다. 벽을 넘은!"

그가 동료들에게 경고의 뜻을 담아서 말했다.

"적… 이겠군."

또 다른 폴리몬이 중얼거렸다.

"아군이었으면 어머니께서 말씀하셨겠지?"

"어떨 것 같지?"

아직 초인이 되지 못한 폴리몬들은 그들을 이끄는 폴리몬에게 물었다.

상대할 수 있겠느냐는 의미이다.

"모른다. 나도 내가 어느 정도의 능력을 지녔는지 확인하지 못했다. 하지만 질 거라고는 생각하지 않는다."

다가오는 적이 벽을 넘은 초월의 경지에 있다고 하더라도 자신 역시 그 경지에 있었다.

물론 초인의 경지에 이른 이들 사이에도 격차가 분명히 있음을 알고 있다.

하지만 그것이 벽을 넘어 얼마나 오랜 시간을 보냈느냐 하는 것과는 상관이 없다는 것도 알고 있었다.

자신은 이곳 판게아란 공간에 들어와서 벽을 허물어 초월의 경지에 올랐다.

그것은 지금까지 동족 중에 누구도 경험하지 못한 일이다.

벽을 깨고 초인의 경지에 오를 때에는 개인적인 깨달음의 차이와 주변 환경의 차이가 능력의 차이를 만든다.

그는 자신이 누구에게 질 거란 생각은 들지 않았다.

"왔다!"

쿠화황!

순간 엄청난 굉음과 함께 그들 앞에 두 사람이 나타났다.

세현과 미도리였다.

충격파는 세현이 음속 이상으로 이동하면서 생겨난 것이지만 그 때문에 영향을 받을 존재는 아무도 없었다.

넓은 평원.

엄청난 수의 몬스터와 세 명의 폴리몬을 등 뒤에 둔 폴리몬 초인과 미도리를 뒤에 둔 세현이 마주했다.

파츠츠츠츠츠츠츳.

세현과 폴리몬 초인 사이에서 에테르가 충돌을 일으키며 잘게 떨렸다.

"폴리몬이 여기까지 어떻게 들어왔는지 모르겠군. 아니, 그전에 지구에서 폴리몬이 들어올 방법이 있었던가?"

세현이 물었다.

"다른 행성과 달리 지구에는 구멍이 있더군. 그것도 열셋이나 말이야."

세현은 열셋이란 숫자가 크라딧들이 실험으로 만들어낸 공간임을 짐작했다.

그 공간들은 이면공간이나 테멜과 비슷하지만 또 다른 형태라고 했다.

이면공간에서 크라딧들의 공간으로 들어와서 거기서 다시 지구로 잠입한 것이란 소리다.

"이면공간 전송 장치가 여러 가지로 문제를 만드는군."

세현이 말했다.

"짐작을 한 모양이군. 그렇다. 그게 없었으면 우리 같은 이들이 지구로 들어올 수 없었을 것이고, 지구에서 이곳 판게아 세상으로 들어오지도 못했겠지."

폴리몬 초인은 세현의 말을 부정하지 않았다.

둘 모두가 일정한 격을 지닌 이들.

그들 사이의 말, 그 의지는 거짓으로 위장할 수가 없었다. 초인들 사이의 대화는 겉으로 드러난 말이라 하기보다는 그 말이 담고 있는 의지의 교환에 가까웠다.

"이렇게 마주하긴 했지만 우리 사이에 타협은 없겠지!"

세현이 그렇게 말을 하며 기세를 끌어올리자 세현 주변의 에테르들이 맹렬하게 반응했다.

"이를 말일까. 우리 사이에 대화란 별 의미가 없지!"

폴리몬 초인 역시 세현에 맞서서 에테르를 움직였다.

초인들의 싸움은 상대의 에테르를 얼마나 잘 억제하고 자신의 에테르를 상대에게 얼마나 강력하게 씌우느냐의 싸움이었다.

에테르를 번개나 불덩이, 혹은 강력한 밀도를 지닌 강기 등으로 바꾼다고 해도 상대 초인의 에테르 역장을 뚫지 못하면 아무 소용이 없었다.

그러니 초인들의 싸움은 그 역장의 겨룸이라고 보는 것이 정확했다.

콰과과과광! 콰르르르릉! 콰과꽉!

"으윽! 저게 사람이야?"

미도리가 저 멀리 까마득히 보이는 곳에서 마주 서서 손짓하고 있는 세현과 폴리몬 초인을 보며 신음 섞인 탄식을 터뜨렸다.

이미 두 초인 근처에는 아무도 없었다.

모두가 그들의 싸움이 만들어내는 여파를 피해서 멀찍이 물러나 있었다.

"너는 뭐지?"

그때, 미도리의 곁으로 폴리몬들이 다가왔다.

미도리는 그 폴리몬들이 자신에게 적대감을 드러내지 않음을 알았다. 짐승이라 부르는 몬스터들이 크라딧에게 그러하듯 폴리몬 역시 크라딧인 자신에게 적대감이나 살의 같은 것을 보이지 않는 것이다.

"몰라서 물어? 너희가 이면공간 전송 장치를 이용했다면 알고 있을 텐데? 우리가 누군지?"

미도리는 머리 나쁜 아이를 보는 눈빛으로 폴리몬들을 보며 말했다.

"아니, 아니야. 그들은 우리 일족이었어. 그리닷이리 불리기만 어머니의 자식들이었지. 하지만 너는 어머니의 자식인 듯하면서도 아닌 것 같군."

폴리몬 중에 하나가 혼란스러운 눈빛으로 말했다.

"그래? 그렇게 봤다면 그런 거겠지. 봐, 내가 뭐로 보여?"

미도리가 팔을 양쪽으로 벌리고 온몸을 펼친 상태로 폴리몬들을 보며 물었다.

몸의 거의 대부분이 에테르 생체 구조로 바뀐 미도리였다.

겉으로 보기엔 폴리몬이나 마가스에 가까운 몸인 것이다.

"…알 수 없군. 우리와 비슷한데 같지 않아. 어째서지?"

폴리몬 중에 하나가 가까이 다가와서 미도리의 몸을 더듬었다.

미도리는 그런 폴리몬의 행동을 그냥 지켜보기만 했다.

다른 두 폴리몬도 미도리에게 다가왔다.

파지지직! 파직! 파지직!

폴리몬들이 미도리의 몸을 더듬을 때, 그들 사이에 묘한 파장이 만들어지며 작은 스파크가 튀었다.

"으음!"

"앗!"

"뭐야?"

세 폴리몬이 깜짝 놀라서 한 발 물러났다.

하지만 그들은 곧 뭔가 이상하다는 표정을 지으며 혼란스러운 얼굴을 했다.

쿠과과광! 쾅쾅! 콰르르르릉!

푸화화확! 휘이이잉!

그 순간 세현과 폴리몬 초인의 격돌이 한층 강력해지면서 충돌의 여파가 미도리와 세 폴리몬에게 전해졌다.

"으윽!"

"앗!"

넷은 일순간 한 방향으로 날려갔다.

평소라면 충분히 버텼을 충격이지만 미도리와 세 폴리몬은 알지 못할 충격에 신체 능력이 평소보다 많이 떨어진 상태였다.

털썩! 터덜썩!

넷은 한 번에 수십 미터를 날려가 땅바닥을 뒹굴었다.

그리고 쓰러진 상태에서 일어날 기미를 보이지 않았다.

뭔가 이상이 생겼지만 세현이나 폴리몬 초인은 그들에게 신경을 쓰지 못하고 있었다.

둘의 싸움은 에테르 역장의 싸움으로 시작해서 에테르 변형 공격의 충돌이 더해지고 있었다.

서로의 역장을 갉아먹으면서 동시에 에테르를 변화시킨 공격을 퍼붓기 시작한 것이다.

하지만 그런 싸움에서 유리한 쪽은 세현이었다.

세현은 초인이 되면서 새로운 비기를 하나 개발했다.

그동안 세현이 사용하던 앙켑스를 한 단계 업그레이드시켜서 생명체에 작용하던 능력을 에테르 그 자체에도 쓸 수 있게 된 것이다.

세현의 앙켑스 에테르는 지속 효과가 있는 에테르 마법에 스며들어 그 마법이나 기능을 변화시키거나 마비시킬 수 있게 진화했다.

덕분에 폴리몬 초인은 지금 무척 당황하고 있었다. 처음에는 분명히 서로의 역장이 부딪치면 비슷한 힘으로 상쇄되었다. 그런데 지금은 급격하게 자신의 에테르 역장이 무너지고 있었다.

그는 자신의 에테르 역장에 문제가 생긴 것을 알아차렸다.

자신의 역장 안으로 뭔가 다른 에테르가 스며들어 와 있는 것이다.

그는 그것이 가능하다는 사실에 무척 놀라며 급히 방어하려 했지만, 세현의 앙켑스 에테르는 자연스럽게 상대의 에테르에 숨어드는 성질을 지녔다.

폴리몬 초인이 앙켑스 에테르를 찾아서 방어를 하려 해도 쉽지 않은 일이고, 그사이에 세현의 다른 공격이 이어지니 급격하게 전세가 기울었다.

콰과과과곽!

"크어어억!"

결국 폴리몬 초인의 입에서 고통스러운 비명이 터져 나왔다.

『천공기』 7권에 계속…

초대형 24시 만화방

신간 100%, 샤워실, 흡연실, 수면실(침대석), 커플석, 세탁기 완비

■ 강북 노원역점 ■

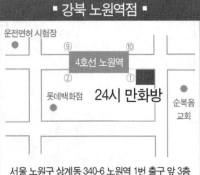

운전면허 시험장
4호선 노원역
24시 만화방
롯데백화점
순복음 교회

서울 노원구 상계동 340-6 노원역 1번 출구 앞 3층
02) 951-8324 (화용빌딩 3층)

■ 일산 정발산역점 ■

경찰서
정발산역
제2 공영주차장
롯데백화점
24시 만화방
E C A
라페스타
F D B

라페스타 E동 건너편 먹자골목 내 객잔건물 5층
031) 914-1957

■ 일산 화정역점 ■

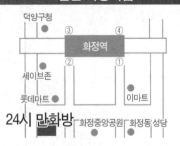

덕양구청
화정역
세이브존
롯데마트
이마트
24시 만화방 화정중앙공원 화정동 성당

경기도 고양시 덕양구 화정동 984번지 서일빌딩 7층
031) 979-4874 (서일사우나 건물 7층)

■ 부천 역곡역점 ■

역곡역(가톨릭대)
CGV
역곡남부역 사거리
24시 만화방
홈플러스
삼성 디지털프라자

역곡남부역 기업은행 건물 3층
032) 665-5525

■ 부평역점 ■

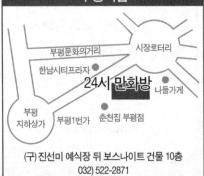

부평문화의거리
시장로터리
한남시티프라자
24시 만화방
나들가게
부평 지하상가
부평1번가 춘천집 부평점

(구) 진선미 예식장 뒤 보스나이트 건물 10층
032) 522-2871

네르가시아 장편소설
FUSION FANTASTIC STORY

도시 무왕 연대기

글로벌 기업의 후계자 김태하.
탄탄대로를 걷던 그에게 거대한 음모가 덮쳐 온다!

『도시 무왕 연대기』

가장 믿고 있었던 친척의 배신,
그가 탄 비행기는 추락하고 만다.

혹한의 땅에서 기적같이 살아나
기연을 만나게 되는데……

모든 것을 잃은 남자,
김태하의 화끈한 복수극이 시작된다!

Book Publishing CHUNGEORAM

니콜로 장편 소설

FUSION FANTASTIC STORY

마왕의 게임

『경영의 대가』, 『아레나, 이계사냥기』
니콜로 작가의 신작!

『마왕의 게임』

마계 군주들의 차열한 서열전.
궁지에 몰린 악마군주 그레모리는 불패의 명장을 소환하지만…….

"거짓을 간파하는 재주를 지녔다고?"
"그렇다, 건방진 인간."
"그럼 이것도 거짓인지 간파해 보아라."

"─나는 이 같은 싸움에서 일만 번 넘게 이겨보았다."

e스포츠의 전설 이신, 악마들의 게임에 끼어들다!

Book Publishing CHUNGEORAM

유행이 아닌 자유추구 ─
WWW.chungeoram.com

FUSION FANTASTIC STORY
말리브해적 장편소설
MLB
메이저리그
유료독자 누적 1200만!
행복해지고 싶은 이들을 위한 동화 같은 소설.
『MLB-메이저리그』
100마일의 강속구를 던지는
메이저리그의 전설적인 괴짜 투수 강삼열.
그가 펼치는 뜨거운 도전과 아름다운 이야기!
승리를 위해 외치는 소리-
"파워업!"
그라운드에 파워업이 울려 퍼질 때,
전설이 시작된다!
Book Publishing CHUNGEORAM
WWW.chungeoram.com

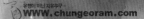